孩子愛讀的漫畫中國歷史

中華五千年故事 ②

《西漢‧東漢‧三國》

幼獅文化　編繪

園丁文化

看漫畫、讀故事、學歷史

妙趣橫生的閱讀之旅

　　歷史是人類成長的軌跡，記載着王朝的興衰、文明的進步。中國歷史走過了五千年的光陰，期間既有繁榮輝煌，也有曲折艱難，過去的歷史積澱，鑄成了今天燦爛的現代文明。

　　燦爛的中華文化是中華民族立足於天地的根。作為中華兒女，我們應當了解自己來自何方，了解自己的祖先曾經在神州大地上做過哪些事情、有過什麼貢獻。閱讀歷史，不僅僅是閱讀那些妙趣橫生的故事，更是以史為鑑：學習古人的智慧，提高自身的文化修養，體會中華民族自強不息、崇德重義、奮發圖強的精神，努力成長為創造歷史的人。

　　為此，我們特意編寫了這套《中華五千年故事》。這套書按照時間順序分為四冊，**第一冊**（上古、夏商周、春秋戰國、秦）從盤古開

天地到陳勝吳廣起義，**第二冊**（西漢、東漢、三國）從張良拜師到三國一統，**第三冊**（晉、南北朝、隋、唐、五代十國）從晉惠帝到周世宗，**第四冊**（宋、元、明、清）從陳橋兵變到辛亥革命，講述了中華民國建立之前發生的一個個精彩的歷史故事。本套書的漫畫吸取了連環畫的特點，具有獨特的中國韻味。全書採用可愛的漫畫造型，盡量還原真實的歷史場景，再配上親切有趣的文字，艱深的字都標注粵音，以精彩的圖文來幫助孩子更輕鬆地讀懂每一段歷史、認識歷史人物，培養愛國情懷，增強文化認同感和歸屬感，在歷史的不斷薰陶下獲得成長的力量。

　　閱讀歷史，讀懂歷史，尊重歷史，以史為鑑。希望孩子能從這套書中感受到中國歷史的魅力，學習到更多的文史知識，碰撞出思想的火花，更加熱愛我們的祖國和中華文化。

目 錄

西漢、東漢、三國

張良拜師

秦亡後，項羽和劉邦兩大勢力爭奪天下，史稱「楚漢相爭」。劉邦最後得勝，建立漢朝，史稱「西漢」。提及西漢，不得不說其開國功臣——張良。

1 戰國末期，韓國被秦國滅後，韓國相國的兒子找了一名勇士去刺殺秦始皇報仇。誰知勇士失手，未能殺秦始皇。

2 秦始皇很快便查出主使人。那位相國的兒子只好改名張良，逃到下邳縣（邳，粵音皮）。

3 有一天早上，張良外出散步，走到一座橋下，看見一個穿着土黃色外衣的老人坐在橋頭上，一上一下地晃蕩雙腳。

4 見張良行近，老人故意把腳一縮，那隻鞋就掉入河裏。然後，他回過頭，很不禮貌地要張良幫他把鞋撿回來。

5 張良本來不想理他，可是又於心不忍，就走到橋下，將那隻鞋子撿回來。

6 誰知老人竟然還伸出腳來，要張良幫他穿上。張良不想跟老人計較，索性恭恭敬敬地幫老人穿上了鞋子。

7 老人站起來捋了捋鬍子，大踏步走。張良心想：這老人肯定非同一般，便一路跟在老人身後。

8 他們走了一段距離，老人才回過頭來說：「你這小子還不錯，我樂意教你。這樣吧，五天後你再到橋上來見我。」

9 張良是個聰明人，知道遇到高人了，連忙跪下來，拜了幾拜，說：「張良叩謝老師。」

10 到第五天，張良一早起來就趕到橋邊。誰知老人比他還早，老人生氣地說：「年輕人，你怎麼能讓長輩等你呢？」

11 張良跪在橋上，向老人認錯。老人這才說：「回去吧，五天後再來，千萬別再遲到了。」

12 又過了五天，張良一聽見雞叫就起牀，匆匆趕過去，誰知還是比老人晚到。

13 老人瞪了張良一眼，説：「你又遲到了。你要是有誠意的話，過五天再來吧。」

14 接下來的幾天，張良簡直度日如年。到了第四天晚上，他怎樣也睡不着，半夜裏就到橋上等候老人。

15 過了一個多時辰，老人才緩緩走過來。他看見張良，滿意地笑了，説：「這樣才對啊。」説完，他把一本書交給張良。

16 張良小心地接過書，又道了謝。老人說：「好好讀一讀這本書，將來對你大有用處。」

17 張良還想問老人的尊姓大名，老人卻頭也不回地走了。

18 張良拿着書回到家，驚訝地發現這部書竟是失傳多年的《太公兵法》，正是當年姜太公輔佐周武王滅商的用兵方略。

19 此後，不論白天還是黑夜，張良都苦讀這部兵書。最終，他成為一名傑出的軍事家，為劉邦建立漢朝，立下汗馬功勞。

項羽破釜沉舟

項梁是楚國名將項燕之子，一心想復國。陳勝、吳廣起義後，他與姪兒項羽積極起兵回應。

1 項梁帶領八千子弟兵一路攻下廣陵、下邳、薛城等地。沿途，劉邦、張良等英雄好漢也紛紛帶着人馬前來投靠他。

2 為了讓這支起義軍具有更大號召力，項梁聽從謀士范增的建議，立楚懷王的孫子熊心為楚王，而且仍稱他為楚懷王。

3 起義軍接下來連續打了幾場勝仗，可是項梁由於輕敵而被秦將章邯（粵音：寒）所殺。項羽、劉邦只好退守彭城。

4 章邯沒有乘勝追擊，轉而攻打趙國。楚懷王想趁秦軍遠征時，襲擊秦國都城咸陽。為鼓舞士氣，他說：「先入咸陽者為王。」

5 項羽、劉邦想帶兵攻打咸陽。恰巧這時趙國派使者求援。於是楚懷王便派劉邦攻打咸陽，讓項羽去鉅鹿救援趙國。

6 項羽正想找章邯為叔父報仇，便同意北上。但楚懷王怕項羽勢力過於強大，只讓他做副將，另命宋義為上將軍。

7 項羽和宋義帶領二十萬楚軍出發。可是才到安陽，宋義因畏懼秦軍浩大的聲勢，命軍隊原地駐紮，不再前進。

8 項羽報仇心切，宋義卻一連四十多天按兵不動。項羽又急又氣，一怒之下，殺了宋義，自己做代理上將軍。

9 項羽派人向楚懷王報告宋義被處死的事。楚懷王雖然很不滿，也只好封項羽為上將軍。

10 項羽先派部將英布、蒲將軍率領兩萬人渡過漳河，切斷秦軍運糧的道路，然後自己率領部隊渡河。

11 渡過漳河後，項羽命令將士們帶夠三天的乾糧，把燒飯的大鍋砸碎，把所有的渡船也鑿沉，誓和秦軍決一死戰。

12 果然，項羽的決心和勇氣，對將士們起了很大的鼓舞作用。一開戰，將士們以一敵十，喊殺聲震天動地。秦軍被這支勇猛的軍隊嚇破了膽，沒戰幾回合，便丟盔棄甲，慌忙逃竄，鉅鹿之圍就此解除。

13 章邯打了敗仗，上頭傳令要追查他的責任。章邯走投無路，只得向項羽投降。

14 項羽在范增的勸說下，放下仇恨，接受了章邯的投降。重新整頓軍隊後，項羽與章邯一齊率軍向咸陽打去。

劉邦進咸陽

當項羽率兵救援趙國時，劉邦正領兵直攻咸陽。盛極一時的秦王朝還能維持多久呢？

1 劉邦率軍往咸陽進發，攻下多座城池，軍隊不斷壯大。由於劉邦軍不像其他起義軍一樣沿路搶劫，故受百姓擁護。

2 公元前207年，劉邦兵臨咸陽。秦朝最後一位統治者——子嬰見大勢已去，只得帶領大臣出城投降。秦朝宣告滅亡。

3 劉邦率軍進入咸陽，來到秦宮。將士們都興奮極了，爭相去找王公大臣們的庫房，搶掠金銀財物。

4 只有丞督蕭何不稀罕這些東西，他一進城就直奔丞相御史府，將秦國戶口、地形、法令等資料收管起來，留待日後查用。

5 劉邦進了阿房宮，見宮內一派繁華的景象，宮女們天生麗質，就躺在龍牀上不想離開。

6 大將樊噲（粵音：快）進來，說：「你想要天下，還是想做有錢人？這些東西使秦朝滅亡，你不能要它們。」

7 碰巧張良也進來。他見劉邦不聽樊噲所勸，便說：「秦二世就是沉迷聲色才導致百姓造反，你應該吸取這教訓啊。」

8 劉邦這才醒悟過來，他封了庫房，率軍撤出咸陽，回到灞上（灞，粵音霸）的營地。

9 為取得民心，劉邦又召集咸陽附近各縣的百姓，對他們說：「大家受夠了苦，從今以後，一律廢除秦朝的殘酷法令。」

偷盜者治罪

傷人者治罪

殺人者償命

10 接着，他說：「現在，我跟大家約定三條法令：第一，殺人者償命；第二，傷人者治罪；第三，偷盜者治罪。」

11 百姓聽後都興高采烈，激動地叩頭感謝劉邦。就這樣，劉邦贏得百姓的支持，大家都希望他能留下來當關中王。

鴻門宴

項羽聽說劉邦進了咸陽，還派兵駐守函谷關，非常憤怒。劉邦得知消息後，親自向項羽賠罪，項羽能原諒他嗎？

1 項羽率軍打進函谷關，在鴻門駐紮下來。當時劉邦只有十萬軍隊，駐紮在灞上，距離鴻門不過四十里地。

2 謀士范增對項羽說：「劉邦攻佔咸陽，卻不貪圖財寶和美女，可見他的野心很大啊。」項羽聽了，準備立刻去攻打劉邦。

3 項羽的叔叔項伯知道這件事後，連夜趕到灞上，勸救命恩人張良逃走。但張良不願背棄劉邦，把項伯的話告訴劉邦。

4 劉邦聽後十分心慌，連忙和張良去求項伯說情。項伯相信劉邦的話，建議他明天一早去鴻門親自向項羽賠罪。

5 第二天一大早，劉邦就帶着張良、樊噲、夏侯嬰等心腹，以及一百來個隨從趕到鴻門。

6 入營後，劉邦跪下，對項羽說：「我和將軍合力攻打秦國，並派人守關是怕秦朝捲土重來，絕非要阻止你入關啊。」

7 項羽看到劉邦恭敬順從的樣子，氣也就漸漸消了。他命人擺上酒席，請范增、項伯、張良作伴。

8 席間，項羽和項伯不斷勸酒，劉邦不敢多喝。而范增則多次向項羽使眼色，要他殺劉邦，項羽都裝作看不見。

9 後來，范增找了個藉口，出去對項羽的叔伯項莊說：「將軍心太軟了，你一會兒進去舞劍助興，再找機會殺劉邦。」

10 於是，項莊提着長劍走進帳內。他先給劉邦敬酒，然後就舞起劍來。

11 項伯看穿項莊所想，說：「一人舞劍不好看，不如兩人對戰。」於是他拔劍起舞，用身體擋住劉邦，不讓項莊下手。

21

12 張良一看情況不對，趕緊走出軍營，對樊噲說：「現在情勢危急，項莊進入帳內舞劍，是要殺死沛公（劉邦）啊。」

13 樊噲聽了，一手提寶劍，一手抱盾牌闖了進去。兩個衛兵連忙橫着長戟阻攔，卻被樊噲推倒在地。

14 項羽見樊噲如此勇猛，就問：「這位客人是誰？」張良介紹說：「他是為沛公駕車的樊噲，前來討賞的。」

15 項羽聽了，也不責怪樊噲，反而心生敬佩，就讓士兵賞給樊噲一斗好酒和一隻生的豬腳。

16 樊噲不客氣，一口氣喝掉了酒，又拿劍切豬腳吃。項羽更覺得他是個勇士，於是問：「壯士還能再喝酒嗎？」

17 「我死都不怕，還怕喝酒？」樊噲說，「當初沛公先入關，並沒當王，而是等大王來，沒想到大王來了卻想殺他。」

18 項羽無言以對，只是說：「坐吧。」樊噲於是在張良身邊坐下來。

19 過了一會，劉邦借機上廁所，張良帶着樊噲也跟了出去。他們商量着準備不辭而別，讓張良留下來道歉。

20 於是，劉邦留下車輛和隨從人馬，只帶着樊噲、夏侯嬰、靳強、紀信這四人從小道悄悄回灞上去了。

21 張良猜劉邦走遠了，才進去對項羽說：「沛公不勝酒力，不能當面告辭，讓我將禮物獻給大王和亞父(對范增的尊稱)。」

22 項羽問：「沛公在哪裏？」張良說他已經回到灞上的軍營了。項羽不再多問，伸手接過一雙白璧，放在席座上。

23 范增接過白璧，放在地上，生氣地拔劍把它打碎，說：「唉，枉費我一番苦心，他日奪走項王天下的，一定是劉邦！」

蕭何月下追韓信

鴻門宴以後，項羽進駐咸陽，自封為西楚霸王，封劉邦為漢王。

1 劉邦來到封地漢中，拜蕭何為丞相，樊噲、周勃、曹參等為將軍，養精蓄銳，準備將來與項羽爭奪天下。

2 漢中到處都是崇山峻嶺，交通不便。而劉邦的手下將士大多是中原人，他們不適應山裏的生活，紛紛逃走。

3 一天，士兵向劉邦報告：「漢王，蕭丞相也逃啦。」劉邦心裏頓時涼了半截，要知道蕭何是他最信任的人。

4 沒想到，過了兩天，蕭何回來。劉邦見到他，問：「蕭丞相這兩天去哪裏了？」蕭何說：「我去追逃跑的人。」

5 劉邦很好奇，問：「每天有人逃你也不去追，這個是什麼人，值得你去追兩天呢？」蕭何說：「我是追韓信。」

6 韓信早年在項羽手下做事，是個很有計謀的人。可是，他好幾次向項羽獻計策，都沒有被採納。

7 後來，劉邦率軍進入漢中時，韓信就投到劉邦麾下，希望能有所作為。

8 有一天，韓信遇上蕭何。蕭何見他相貌威武，談吐不凡，就把他推薦給劉邦，但劉邦只讓他擔任管理糧餉的小官。

9 後來蕭何又多次與韓信交談，認為他是一個了不起的人才，就在劉邦面前三番五次地推薦，可是劉邦總是搖頭拒絕。

10 韓信見蕭何多次向劉邦推薦自己，可是劉邦始終不肯重用他，於是就在一個早晨騎着馬逃走。

11 蕭何知道後，連忙騎馬去追。一直追到天黑月亮升起來了，他才在一條河邊找到了韓信。

12 蕭何跳下馬，向韓信保證一定會讓劉邦封他為大將軍。韓信見丞相蕭何親自請自己回去，十分感動，於是隨他回去。

13 劉邦聽到蕭何追回的是韓信，不禁生氣了，說：「你怎麼偏偏對這個不熟悉的人這麼感興趣呢？」

14 蕭何見劉邦還是不信任韓信，就耐心勸說：「普通的將軍逃了可以再找，但像韓信這種將才逃了，就再也找不到了。」

15 劉邦從沒見過蕭何如此誇人，便說：「那我就聽你的，封他作將軍吧。」蕭何說：「讓他做將軍，估計他還會逃。」

16 劉邦只好説：「那我就拜他為大將軍吧。」於是，劉邦舉行了隆重的拜將儀式，拜韓信為大將軍。

17 拜將儀式結束後，劉邦問韓信：「丞相多次舉薦你，想必你早有打敗西楚霸王的好計策了？」

18 韓信説：「西楚霸王表面看起來強大，其實百姓不喜歡他，而你入關以後，與百姓約法三章，秦人心裏都向着你呢。」

19 劉邦聽了，心裏很高興，後悔沒有早點拜韓信為大將軍。接下來，韓信開始為劉邦操練兵馬，準備與西楚霸王作戰。

四面楚歌

韓信當了大將以後，沒費多少時間就訓練出一支整齊的軍隊，打了多次勝仗。

1 公元前203年，韓信把三十萬兵馬聚集在垓下（垓，粵音該），並布下十面埋伏，打算把項羽圍困起來。

2 為了將項羽引出來，韓信派人去楚軍軍營前辱罵項羽，故意挑釁。

3 性格剛烈的項羽惱羞成怒，立即率十萬大軍衝到垓下，結果發現自己陷入漢軍的重重埋伏。

4 項羽帶着部下想殺出一條血路,但是殺了一批又來一批。好不容易,項羽才衝出重圍,回到大營。

5 夜裏,項羽正想着突圍的對策,忽然聽到從漢營傳來淒涼的楚歌聲。項羽大吃一驚:「難道楚軍全都投降漢軍了?」

6 項羽怎也沒想到這是劉邦的計謀。在楚歌聲中,楚軍將士想起自己的妻子兒女,黯然神傷,有士兵竟然偷偷逃跑了。

7 項羽聽了楚歌,心亂如麻,他喝了幾口悶酒,絕望地看着最寵愛的美人虞姬(虞,粵音如),悲痛地唱起自己作的歌。

8 項羽一連唱了幾遍，邊唱邊流眼淚，虞姬也悽愴地隨着歌聲起舞。待歌聲一停，她就拔劍自刎。

9 項羽見虞姬已死，便騎上烏騅馬（騅，粵音追），率領僅有的八百士兵殺出去，韓信連忙派出五千騎兵追趕。

10 項羽拍着烏騅馬，一路飛奔，打算渡過淮河再往東去。沒想到他們過了淮河後就迷路了。

11 項羽向一個莊稼人問路。那莊稼人認得項羽，不願意幫他，就隨便指了一條路，說：「一直往左走。」

12 項羽領士兵朝左跑了一陣就沒路了，只有一片水窪地。他又掉轉馬頭往東南方向跑，一直跑到烏江邊上。

13 烏江的亭長早就駕着小船在江上等候項羽。他勸項羽過江，回到江東再招兵買馬，捲土重來。

14 項羽苦笑說：「當初我率領八千士兵過江來打天下，現在他們全都死了，我怎麼去面對這些人的親人呢？」

15 項羽拔出寶劍，在江邊與漢軍拼殺。最後，項羽身邊的將士統統倒下，他也多處受傷，於是揮劍自殺了。

劉邦殺功臣

劉邦打敗項羽後，於公元前202年登基稱帝，史稱漢高祖。

1 漢朝建立初期，漢高祖為了獎勵功臣，鞏固自己的統治，封了不少諸侯王。

2 但是楚王韓信、梁王彭越、淮南王英布擁有精兵良將，實力非常雄厚，漢高祖怕他們有謀反之心，一直想鏟除他們。

3 一天，有人向漢高祖報告，說韓信收留了項羽的大將鍾離眜，還說韓信想謀反。

4 韓信兵強馬壯，漢高祖不敢貿然出兵。於是，他採用陳平的建議，假裝到楚地巡視，讓韓信去拜見他。

5 韓信一到，就被武士綁着。韓信憤憤地說：「古話說得沒錯，『狡兔死，走狗烹』。天下已經平定，我就該被鏟除了。」

6 有人勸漢高祖從寬處理，以穩定人心。漢高祖覺得有理，於是取消韓信的王號，並貶他為淮陰侯。

7 過了幾年，將軍陳豨（粵音：希）自立為王，漢高祖派韓信和彭越去征討，但他們都不願帶兵，漢高祖只好親征。

8 漢高祖帶兵走後，有人向呂后告密：「韓信和陳豨是同謀，他們還想裏應外合，發動叛亂。」

9 呂后便與蕭何商議計策，傳旨說陳豨已被劉邦捉到，要大臣進宮祝賀。結果韓信一進宮門就被埋伏的士兵殺掉。

10 沒過多久，梁王彭越的手下又來向劉邦告密，說彭越謀反。漢高祖於是把彭越抓起來關進監獄。

11 漢高祖打算把彭越貶為平民，讓他到蜀中去。呂后說：「把彭越放去蜀中，就是放虎歸山。」漢高祖便把彭越殺了。

12 淮南王英布見韓信、彭越都被殺了，擔心自己遲早也會性命不保，索性起兵造反。

13 漢高祖發兵討伐。他在陣前責備英布，說：「我已封你為王，你為何還要造反？」英布說：「因為我也想當皇帝。」

14 漢高祖指揮大軍猛擊英布，英布也命令士兵一齊放箭。漢高祖胸口中了一箭，他忍痛派兵追擊，殺得英布大敗而逃。

15 心腹大患終於全部除掉，漢高祖十分高興。他順路回到老家沛縣，大擺酒席慶祝，還宣布免去家鄉的賦稅。

16 在沛縣停留了十多天，漢高祖才起駕回長安。回到長安不久，由於胸口箭傷復發，漢高祖一病不起，病情越來越嚴重。

17 呂后知道他時日不多，便壯着膽子問：「皇上百年之後，如果丞相蕭何去世，誰可以接替他呢？」

18 漢高祖說：「曹參可以代他」。呂后又流着淚問：「如果曹參去世了，讓誰接替呢？」

19 高祖稍加思索，斷斷續續地說：「王陵還行，可以讓陳平輔助他。周勃為人厚道，可以任命他為太尉。」

20 呂后認真地聽着，又問：「這些人以後，還有誰行啊？」漢高祖搖搖頭，説：「再往後的事，也不是你所知道的了。」

21 漢高祖擔心自己去世後，大臣不能安心輔助天子，於是叫人宰了一匹白馬，跟幾個主要的大臣歃血為盟（歃，粵音霎）。

22 大臣們都起了誓，訂立盟約：「只有劉家的人才能封土，只有有功勞的人才能封侯。誰不遵守，天下人共同討伐他。」

23 漢高祖命人把這一切都記了下來，他才放下心來。公元前195年，足智多謀的漢高祖因病去世，享年六十二歲。

緹縈救父

漢文帝時期，小女孩緹縈（粵音：題營）不但救了父親的命，而且替天下人做了一件好事。

1 漢文帝即位後，實行了一系列減輕百姓負擔的政策，廢除了一些不合理的刑罰，一時間四處都能聽到百姓的稱讚聲。

2 臨淄（粵音：資）城裏有一個名叫淳于意的人，他本來是讀書人，由於喜歡醫學，經常給人治病，因此出了名。

3 後來他做了太倉縣的縣令，但因為為官正直，不肯討好奉承，便辭官回來重新做了醫生。

④ 有一次，一個大商人的妻子患了重病，商人聽說淳于意醫術高超，就專程去請他醫治妻子。

⑤ 沒想到，商人的妻子吃了藥之後，病沒見好轉，過了幾天就死了。

⑥ 於是商人向官府告狀，說妻子是庸醫所殺。淳于意也不知道原因，拿不出證據為自己辯解。

⑦ 當地的官吏判處淳于意「肉刑」（包括在臉上刺字、割掉鼻子和砍掉左腳或右腳三種），要把他押到長安受刑。

8 淳于意沒有兒子，只有五個女兒。臨走時，他望着女兒歎氣道：「唉，可惜我沒有兒子，遇到急難，沒有能幫忙的。」

9 幾個女兒都低頭哭作一團，只有最小的女兒緹縈又悲傷又氣憤，她決定去長安解救父親。

10 緹縈來到長安，要進宮見漢文帝，可是皇宮的守衛不讓她進。於是，她寫了一封信，託守門的人傳進去。

11 很快地，緹縈的信就傳到漢文帝手上。

12 信上寫着：「我的父親淳于意要受肉刑處罰。可是他一旦受了處分，身上有了犯罪的標誌，就沒辦法改過自新了。」

13 漢文帝看了信，十分同情這個小姑娘，同時也覺得肉刑確實很殘酷，不太合理，就召集大臣們來商議。

14 大臣們商議後，擬定了一個辦法：把肉刑改成笞刑（笞，粵音痴）。輕的打三百板子，重的打五百板子。

15 於是，漢文帝赦免了淳于意的刑罰，並下令從此改肉刑為笞刑。這樣，緹縈不但救了父親，也為天下百姓做了好事。

周亞夫治軍

三支軍隊保衞京城，為何只有周亞夫得到漢文帝的認可？他是如何治軍的呢？

1 公元前158年，匈奴的君主單于（粵音：蟬於）調動數萬兵馬，入侵漢朝邊境。他們來勢洶洶，燒殺搶掠，無惡不作。

2 漢文帝急忙召集羣臣，商議對付的辦法。最後，他決定一邊派大軍前去抵抗匈奴，一邊安排三支軍隊保衞京城。

徐厲　周亞夫　劉禮

3 將軍劉禮駐軍灞上，將軍徐厲駐軍棘門（棘，粵音戟），將軍周亞夫駐軍細柳。三路兵馬駐紮京城附近，互相照應。

④ 軍隊部署完成之後，漢文帝親自到各營地慰勞將士。他先來到灞上，車馬直接駛進軍營，毫無阻擋。

⑤ 漢文帝又來到棘門，將軍徐屬與下屬軍官騎着馬迎接，還舉行了隆重的儀式，護送漢文帝離營。

⑥ 接着，漢文帝又來到周亞夫駐軍的細柳，遠遠看見官兵身披鎧甲，手執利刃，一副嚴陣以待，隨時準備戰鬥的樣子。

⑦ 漢文帝的先頭衛隊來到營門，門口的衛士不讓他進去，並說：「周將軍有令，軍中只聽將軍的命令，不聽天子的命令。」

8 過了一會，漢文帝到營門前，衛士也不讓他進去。漢文帝沒生氣，拿出皇帝的符節，請衛兵按禮法傳達皇帝的命令。

9 周亞夫這才傳令打開營門。進了營門，守營的人又鄭重地說：「軍中有規定，軍營內不准縱馬亂跑。」

10 於是，漢文帝吩咐隨從控制住馬頭的韁繩，慢慢地走進去。

11 到了將軍辦公的營帳，周亞夫對漢文帝拱手行禮，說：「身穿軍服的人不能行跪拜禮，請允許我按照軍禮朝見陛下。」

12 漢文帝一臉嚴肅地點點頭，用軍禮向周亞夫回禮。接着，漢文帝又親自視察軍營上下，向全軍將士表示了慰問。

13 然後，漢文帝的車駕才緩緩離開軍營。在回宮的路上，陪同視察的文武大臣都為周亞夫的無禮捏了一把汗。

14 漢文帝卻說：「這才是真正的將軍啊，有了他，敵軍如何敢來侵犯？先前灞上和棘門兩個軍營，紀律太鬆散了。」

15 過了一個多月，抵禦匈奴的大軍勝利歸來，三個軍營就撤除防備。漢文帝將周亞夫提拔為中尉，負責京城治安和防衛。

晁錯削地

晁錯（晁，粵音潮）是漢景帝的老師，被任命為御史大夫。他提出了削蕃建議，卻沒想到招來殺身之禍。

1 漢文帝死後，太子劉啟即位，即漢景帝。他繼續沿用休養生息的政策，注重農業發展，國內出現一片富裕的景象。

2 當時漢朝有二十二個諸侯國，漢景帝時期，諸侯王的勢力漸大，有的不受朝廷約束，尤其吳王劉濞（粵音：蔽）。

3 御史大夫晁錯眼看諸侯割據對鞏固中央集權很不利，就向漢景帝提議：「諸侯勢力加大，不如趁早削減其封地。」

④ 漢景帝起初還有些擔心諸侯造反，但又怕諸侯勢力雄厚之後更難控制，就同意晁錯的建議，決心削減諸侯的土地。

⑤ 削地開始了，有的諸侯被削去一個郡，有的被削去幾個縣，他們都憤憤不平。

⑥ 當削地詔書送到吳國時，本已想當皇帝的吳王劉濞趁機以「誅晁錯，清君側」的名義，聯合諸侯造反。

⑦ 公元前54年，吳、楚、趙、膠西、膠東、菑川（菑，粵音之）、濟南等七國諸侯起兵造反，叛軍一路向西攻來，聲勢浩大。

8 漢景帝嚇壞了，為了保住皇位，他竟聽信奸臣的讒言，下令把晁錯殺掉。

9 漢景帝殺了晁錯後，派人下詔書要七國退兵。沒想到吳王劉濞面對詔書不但不下拜，還直接把詔書退回去。

10 漢景帝這才知道自己錯殺了晁錯，但是後悔已經來不及。幸虧周亞夫善於用兵，才平定了叛亂。

11 叛亂平息後，漢景帝讓七國的後代繼續當諸侯，但只能在自己的封地徵收租稅，不能干預地方的行政，權力大大被削弱。

飛將軍李廣

漢武帝時期，名將李廣為抗擊匈奴的侵犯掠奪，立下了汗馬功勞。

1 李廣出身將門世家，騎射技藝超羣。他領軍作戰時，作戰行動迅速，讓敵軍措手不及，匈奴兵稱之為「飛將軍」。

2 公元前129年，匈奴派大軍進犯上谷，漢武帝派李廣、衛青等幾名將軍各帶一萬人馬去抵抗匈奴。

3 這一天，李廣帶着一百多名騎兵去追趕三個匈奴兵，一直追了幾十里地才追上。李廣射死了兩個，活捉了一個。

④ 就在他們準備回營時，發現遠處來了幾千個匈奴騎兵。怎麼辦？士兵們都慌了。

⑤ 李廣說：「我們離大營幾十里遠，不如我們下馬就地休息一會。匈奴以為我們要誘騙他們，肯定不敢打過來。」

⑥ 於是，他們下了馬，就地休息。士兵們都很害怕，說：「匈奴兵這麼多，要是打過來，我們就逃不了。」

⑦ 李廣笑着說：「我們這樣做，敵人才會更加相信我們是在誘騙他們。」

8 匈奴看到李廣軍隊這樣的陣勢，果然不敢貿然行動。一直等到天黑，匈奴怕有埋伏，就悄悄撤走。

9 天亮後，李廣見山上的匈奴兵都走了，他才率領一百多騎兵回到大營。

10 後來，李廣到右北平做太守，那一帶的匈奴嚇得慌忙逃到別處。右北平沒有匈奴兵了，卻常常有老虎出來傷人。

11 有一次，李廣晚了回去，他和隨從一邊走，一邊提防老虎，忽然看見山腳下的草叢裏蹲着一隻大老虎。

12 李廣拔出一枝箭就射出去，老虎被射中了。隨從跑過去一瞧，卻愣住了，原來中箭的不是老虎，而是一塊大石頭。

13 那枝箭深深地射進了石頭裏，怎樣也拔不出來。匈奴知道後，畏懼李廣的神勇，更加不敢侵犯右北平。

14 公元前119年，李廣當上郎中令，常常伴在漢武帝左右。可是李廣卻再三要求派他去打匈奴。漢武帝只好同意。

15 漢武帝叫他帶一隊兵，由大將衛青統領。臨行前，漢武帝對衛青說：「李廣年紀大了，不能再讓他獨自帶兵了。」

16 衛青沒有把這話放在心上，他讓李廣往東繞進，指定日期到漠北會面。李廣不熟悉東邊的路況，結果迷失了方向。

17 後來，衛青的軍隊回到漠南才碰到李廣的軍隊。衛青責備李廣誤了日期，要派人審問他，還要治他延誤軍機的罪。

18 李廣悲憤不已，說：「我一生與匈奴打了大小七十多次仗，如今六十多歲了，犯不着再上公堂。」說完，他舉刀自刎。

19 將士們一向敬重李廣，聽說他自殺身亡，全都失聲痛哭。

衛青和霍去病

漢武帝時期，除了飛將軍李廣，還有兩位抗擊匈奴的名將——衛青和霍去病。

1 衛青出身低微，後來由於姐姐衛子夫入宮，受到漢武帝的寵愛，他才得到提拔，當上了官。

2 公元前129年，匈奴侵犯漢朝邊境，漢武帝見衛青驍勇可靠，讓他和公孫敖、公孫賀、李廣四人，各領兵馬迎敵。

3 來到前線後，作戰能力最強的李廣遭到匈奴軍的集中攻擊，公孫敖在戰鬥中也損兵折將，公孫賀則沒碰到敵人。

4 衞青率領的一路兵馬，一直深入到匈奴的腹地，找機會斬殺了幾百個匈奴兵，大獲全勝。

5 漢軍這次出擊的四路人馬，兩路戰敗，一路無功，只有衞青率領的軍隊大勝。漢武帝非常開心，封他為關內侯。

6 公元前124年，衞青又打了一個大勝仗，俘虜了一萬五千多個匈奴，漢武帝拜衞青為大將軍，加封土地和戶口。

7 公元前123年，匈奴又一次侵犯中原。漢武帝再派衞青率兵出擊。衞青的外甥霍去病才十八歲，也跟着去打匈奴。

8 霍去病第一次上戰場，帶着八百精兵，居然闖進匈奴的大營，殺了一個匈奴首領，還活捉了兩個俘虜。

9 年輕的霍去病第一次出征就立了大功，漢武帝非常高興，封他為冠軍侯。

10 從此以後，衛青和霍去病這兩位名將，多次率軍打敗匈奴軍。

11 公元前119年，一萬多個匈奴騎兵打過來，殺了一千多個老百姓，還搶走大量的糧食和財物。

12 漢武帝大怒，派衛青和霍去病各帶五萬騎兵去追擊匈奴。衛青率軍一路北上，匈奴節節敗退。衛青在三天內追了兩百多里地，雖然沒捉到單于，但是斬殺了一萬九千多名匈奴兵。

13 霍去病率軍從另一個方向進攻匈奴，將匈奴打得潰不成軍，共俘虜八十多個高級將領，消滅了九萬名匈奴兵。

14 衛青和霍去病的這次出擊，瓦解了匈奴大軍的主力。在隨後很長的一段時間裏，匈奴都不敢再侵犯中原。

張騫出使西域

張騫（粵音：牽）出使西域各國，為絲綢之路的開闢作出了重大的貢獻。

1 漢武帝剛即位，聽說月氏國（月氏，粵音肉支）與匈奴不和，便想聯合月氏王抗擊匈奴。於是他招募人才出使西域。

2 月氏國位於匈奴的西邊，想到達月氏國，就必須經過匈奴。膽小的人聽到這個使命，都不敢應徵。

3 只有郎中張騫體諒漢武帝，認為出使西域對打敗匈奴有很大的意義，所以他甘願冒險出征。

4 公元前138年，漢武帝正式任命張騫為使者，堂邑父（邑，粵音泣）為翻譯，組隊出使西域。他們帶着一百多名隨從，趕着載滿黃金、布帛、綢緞等禮物的駱駝羣，離開長安，開始西域之行。

5 張騫率隊向西而行，才出隴西就碰到匈奴兵。由於寡不敵眾，大部分隨從被匈奴兵殺死，張騫和堂邑父則被俘虜。

6 不過，匈奴人並沒有大開殺戒，而是將他們分散開來看管，還派人勸說他們投降。

7 張騫意志堅決,一直不肯投降。匈奴人沒有辦法,就把張騫關了起來,這一關便關了十多年。

8 不過日子久了,匈奴人漸漸放鬆了對他們的監視。張騫和堂邑父趁匈奴人沒有防備,騎上兩匹快馬逃了出去。

9 十幾天後,他們終於逃出了匈奴的邊界。沒想到,他們並沒有到達月氏國,卻來到月氏國北邊的大宛國。

10 大宛王早就聽說在遙遠的東方,有一個富庶的國家,便熱情地接待張騫,並派人將他們護送到月氏國。

11 原來，月氏國被匈奴打敗後，遷到大夏附近，建立大月氏國。張騫向月氏王傳達了漢武帝想共同抵抗匈奴的意願。

12 月氏王禮貌地招待張騫，卻拒絕與漢朝共同抗擊匈奴的請求。因為她不想讓百姓再受戰亂之苦，已經放棄報復的念頭。

13 張騫和隨從們在月氏國住了一年多，仍然不能說服月氏王共同對付匈奴，只好啟程回國。

14 在回國的路上，張騫又被匈奴抓住。幸好被扣押一段時間後，匈奴發生內亂，張騫趁機逃走，回到長安。

15 張騫這次出使西域一共用了十三年的時間，一路上歷盡艱辛。漢武帝感念他的功勞，封他為太中大夫。

16 後來，衛青和霍去病將匈奴驅趕到漠北。漢武帝趁機再次派張騫出使西域。

17 這一次，他們首先來到烏孫國，受到隆重的接待。張騫把一份厚重的禮物送給烏孫王，並勸說他共同對付匈奴。

18 烏孫王想與漢朝結好，但又害怕匈奴，遲遲決定不下。張騫見狀，便派隨從拿着禮物分頭出使大宛、月氏和安息等國。

19 過了好些日子，烏孫王見張騫派去的隨從還沒回來，便派人將張騫護送回長安，並送了幾十匹好馬給漢武帝做禮物。

20 一年後，張騫因病去世。他派到西域各國的隨從也陸續回到長安，這些人總共去過西域三十六個國家。

21 從此以後，漢武帝每年都派人出使西域各國，以建立友好的關係。西域各國派到漢朝的使者和商人也越來越多。

22 通過張騫開闢通往西域的這條路，中國的絲綢等商品被運送到西域。後來，人們就把這條路叫做「絲綢之路」。

蘇武牧羊

漢武帝派衞青、霍去病打敗了匈奴，匈奴想跟漢朝和好，漢武帝便派蘇武出使匈奴。

1 公元前100年，蘇武手持旌節（旌，粵音晴），帶着一百多人組成的出使團，向西域的匈奴出發。

2 蘇武一行人到達匈奴後，送上漢朝的禮物，順利完成了使命。

3 在他們準備回國時，匈奴內部發生了動亂。蘇武受到牽連，被匈奴人捉住。

4 單于開出優厚的條件，誘使蘇武投降，但是蘇武堅決拒絕，說：「我若貪圖富貴，背叛朝廷，活着還有什麼臉見人？」

5 單于大怒，就把蘇武關在冰冷的地窖裏，還不給他食物。沒想到蘇武一連挺了幾天，都沒有屈服。

6 單于無計可施，就把蘇武派到荒無人煙的北海去放羊，並對他說：「等這些公羊生了小羊，我就放你回去。」

7 北海天寒地凍，蘇武沒有吃的，只好挖野菜、逮田鼠充飢。

8 他孤身一人，只有隨身攜帶的旌節作伴，白天帶着旌節放羊，晚上抱着旌節睡覺，總想着有一天能拿着它回到漢朝。

9 可是，一年一年過去，蘇武的期盼一再落空。旌節的穗子（穗，粵音睡）也漸漸掉光了，但蘇武還是把它視為珍寶。

10 公元前85年，匈奴的單于死了，國家再次發生內亂，新上任的單于力量單薄，決定與漢朝和好。

11 這時，漢武帝已經去世兩年了，繼位的漢昭帝又派使者到匈奴去，要單于放回蘇武，單于卻謊稱蘇武已經死去。

12 第二年，漢朝又派使者到匈奴去。和蘇武出使匈奴的一個隨從私下見使者，把蘇武在北海牧羊的實情告訴了他。

13 隨後使者去見單于，說：「我們皇上在御花園射下一隻大雁，雁腳上綁着一條綢子，上面寫着：『蘇武在北海牧羊。』」

14 單于嚇了一大跳，以為是蘇武的忠勇感動了大雁，連連道歉，並承諾一定會把蘇武送回漢朝。

15 蘇武結束了十九年的流浪生活，終於回到長安。百姓聽說蘇武回來了，都出來歡迎他，稱讚他是個有氣節的大丈夫。

司馬遷寫《史記》

司馬遷是西漢傑出的歷史學家，他在遭受殘酷刑罰後仍寫出《史記》這一偉大的巨著。

1 司馬遷的父親司馬談是掌管修史的官員，他想編一部史書，記載從黃帝到漢武帝時期的歷史，但因身體患病未能完成。

2 臨終前，他把司馬遷叫到跟前，說：「如果你以後接任了我的職位，千萬別忘記我一生的願望，一定要完成這部史書啊。」

3 後來，司馬遷接任了父親的官職，做了太史令。他時刻牢記父親的囑託，在業餘時閱讀大量的書籍。

4 在司馬遷做好各種準備，打算着手寫書的時候，朝廷發生了一件大事。這件事徹底改變了司馬遷的命運。

5 公元前99年，在蘇武被匈奴扣押以後，漢武帝派李廣的孫子李陵率領五千兵馬與匈奴作戰。

6 匈奴單于親自率領三萬騎兵將漢軍重重圍困。儘管漢軍將士拼死抵抗，最終還是因為寡不敵眾而突圍失敗。

7 眼看只剩下幾十個筋疲力盡的將士，李陵含淚投降匈奴，希望留條性命待以後有機會再報答國家。

8 李陵投降的消息傳回朝廷，大臣們都譴責李陵膽小怕死，更有小人趁機在漢武帝面前詆毀李陵。

9 漢武帝非常生氣，想要把李陵一家幾十口人都斬首問罪。

10 司馬遷生性正直，為李陵辯護。他說：「李陵並非貪生怕死，他投降匈奴恐怕是在找機會贖罪，以報答陛下。」

11 漢武帝聽了，認為司馬遷和李陵有私交，為李陵辯解就是與朝廷對抗，於是下令把他關進大牢，交給廷尉審問。

12 沒想到，當時主管朝廷刑法的廷尉杜周為了討好漢武帝，竟然給無辜的司馬遷判了宮刑。

13 宮刑是一種殘害身體又侮辱人格的刑罰。很多人寧願去死，也不願接受宮刑。司馬遷受刑後，無數次想自殺了結自己。

14 但是，他想到父親的遺願沒有完成，想到自己收集的資料還沒編輯成書，就忍辱地活了下來。

15 經過十幾年的努力，他把從傳說中的黃帝開始，至漢武帝太始二年（公元前95年）為止的這段歷史，編寫成《史記》。

昭君出塞

宮女王昭君遠嫁匈奴和親，不但避免了戰爭，還促進了匈奴的發展。

1 西漢中後期，匈奴內部發生動亂，貴族之間互相爭權奪勢，一時間竟然分裂成五個部落，每個部落都有自己的單于。

2 有一個叫呼韓邪（粵音：爺）的單于被他哥哥郅支（郅，粵音室）單于打敗，死傷不少人馬，大臣勸他與漢朝和好。

3 公元前51年正月，呼韓邪單于親自帶領部下來長安拜見漢宣帝。漢宣帝格外重視，像招呼貴賓一樣招待他。

4 呼韓邪單于在長安住上個多月才走。臨走時，漢宣帝給他三萬四千斛（粵音：酷）糧食，解決他們族內的缺糧問題。

5 其他的單于得知呼韓邪單于與漢朝交好的消息後，紛紛派使者來與漢朝交好，百姓因此過了一段安定的生活。

6 過了幾年，郅支單于侵犯西域各國，還殺了漢朝使者。這時漢宣帝已去世，繼位的漢元帝發兵征討，殺了郅支單于。

7 郅支單于死後，呼韓邪單于在匈奴中的領導地位就更加穩固。

8 公元前33年，呼韓邪單于再次來長安，要求和漢朝結親。漢元帝也希望通過和親讓匈奴不再侵擾漢朝邊境，就同意了。

9 漢元帝吩咐大臣去後宮傳話：「誰願意嫁到匈奴去，皇上就封她為公主。」

10 後宮的宮女就像被關在籠子裏的鳥兒一樣，她們都渴望能到宮外去，但一聽到要背井離鄉到匈奴，又都退縮了。

11 有個叫王昭君的宮女，不僅長得漂亮，還很有見識。她想：「與其老死宮中，不如嫁到匈奴，還能見見世面。」

12 於是，她找到管事的大臣，説：「我願意嫁到匈奴去，請你去回稟皇上吧。」

13 管事的大臣正愁沒人應徵，聽到王昭君願意去，立刻把她的名字上報漢元帝。

14 漢元帝很滿意，下旨應允了，還吩咐人準備豐厚的嫁妝，挑選一個吉祥日子，讓他們在長安成親。

15 到了結婚那一天，呼韓邪單于見到年輕美貌的王昭君，心中非常歡喜。

16 成親之後，王昭君在漢朝和匈奴官員的護送下，離開了長安。她騎着馬，翻山越嶺，來到匈奴。

17 王昭君初到匈奴的時候，很想念親人，心裏非常難受。不過，她很快就提起精神，努力融入匈奴人的生活。

18 她把中原的先進文化和技術帶到匈奴，教匈奴人從事農業生產，發展畜牧業，改善了匈奴人的生活。

19 自從王昭君出塞以後，匈奴和中原和睦相處，六十多年來都沒有發生戰爭。

王莽篡漢稱帝

王昭君出塞不久後，漢元帝死了，漢成帝繼位，皇太后的姪子王莽當了大司馬。

1 公元前7年，漢成帝死後，漢哀帝即位。六年後，漢哀帝也病逝。王莽扶持九歲的劉衎（粵音：漢）當皇帝，稱漢平帝。

2 由於新帝年幼，太皇太后替他臨朝，國家大事全都由王莽做主。

3 那些想巴結王莽的人都說王莽是安定漢朝的大功臣，奏請太皇太后加封王莽為安漢公。

④ 王莽説怎樣也不肯接受封號和封地，後來在大臣們的勸説下只接受封號，把封地全都退回。朝廷上下對他都刮目相看。

⑤ 公元2年，中原地區發生旱災和蝗災，但是朝廷還是不停催繳糧税，百姓無路可走，紛紛起來反抗。

⑥ 為了緩和老百姓對朝廷和官吏的憤恨，王莽建議公家要節約糧食和布帛。他還帶頭拿出一百萬錢和三十頃地救濟災民。

⑦ 他這樣一帶頭，其他大臣也只好拿出一些土地和錢財來救濟百姓。從此，王莽的名聲就更大了。

8 第二年，漢平帝才十二歲，王莽就提議給他立后。太皇太后便選定王莽的女兒為皇后。王莽又假意推搪一番才答應。

9 王莽當了國丈，太皇太后把新野的二萬五千六百頃地賞給他，他又推辭。

10 之後，他卻派八個心腹到各地考察風土人情，借機到處宣揚王莽不肯接受新野封地這件事，弄得滿城都知道。

11 當時，百姓正飽受豪強兼併土地之苦，而王莽連賞賜的土地都不要，所以百姓都認為他是一個好官，對他更加擁戴。

12 王莽的威望越來越高，漢平帝卻覺得他越來越可怕，對他專權也越來越不滿，因此背後忍不住說了些抱怨的話。

13 王莽知道後，打算除掉漢平帝。在漢平帝十四歲生日那一天，王莽親自獻上一杯毒酒，將漢平帝毒死。

14 漢平帝死後，王莽從劉家宗室裏找了一個兩歲的孩子立為皇太子，以皇帝年幼為由，把持朝政，從此獨攬朝政大權。

15 不久，野心勃勃的王莽逼小皇帝退位，自己當上皇帝，改國號為「新」，歷時兩百多年的西漢王朝覆滅了。

綠林赤眉起義

王莽稱帝後進行了一系列不合時宜的改革，導致天下大亂。

1 公元17年，荊州一帶糧食失收，百姓只好四處挖野菜充飢。但人多菜少，飢餓的百姓你爭我搶，挖着挖着就打起來。

2 當地有兩個有名望的叔姪，一個叫王匡，一個叫王鳳。他們出面調停，説服大家放棄爭鬥。

3 王匡、王鳳不忍心看着飢民挨餓，就領他們去殺官吏，開倉賑災。一些逃亡的犯人也聞訊趕來投奔他們。

4 王匡、王鳳將這些人組成起義軍，並且很快佔據了綠林山。人們就把他們這支起義軍稱為「綠林軍」。

5 綠林軍以綠林山為根據地，不斷劫富濟貧，攻佔附近鄉村。不到幾個月，綠林軍就壯大到七八千人。

6 消息傳到長安，王莽連忙派兩萬官兵去圍剿綠林軍，沒想到派去的兵馬被綠林軍打得大敗而逃。

7 綠林軍士氣高漲，接連又攻下幾座縣城，把官家糧倉裏的糧食分給當地飢民。百姓見狀，紛紛投奔綠林軍。

8 不料，綠林山上突然爆發瘟疫，許多人都染病身亡，僥倖活下來的只好離開綠林山。

9 下山的綠林軍後來分作三路人馬，各自佔領一塊地盤，隊伍慢慢壯大起來。

10 就在南方的綠林軍揭竿而起時，東方的農民起義軍也紛紛加入對抗朝廷的戰爭。

11 當時琅琊（粵音：郎爺）海曲縣有個公差叫呂育，他因為不肯傷害無辜的百姓而被縣令殺死，結果引起公憤。

12 呂育的母親和幾百個窮苦農民奮起反抗，他們殺了狗官，走上了起義的道路。

13 呂大娘帶着這些農民佔據了一個小島，一有機會就上岸打官府，開糧倉。沒多少日子，隊伍就壯大到一萬多人。

14 後來，呂大娘不幸病死，她的這支隊伍去泰山投奔由樊崇領導的起義軍。

15 為防止在戰鬥中自己人打自己人，樊崇讓起義軍把眉毛都塗成紅色。人們就把這支起義軍叫做「赤眉軍」。

16 赤眉軍很講紀律，規定誰殺老百姓就要被處死，誰傷害老百姓就要受懲罰。所以，百姓都很擁護他們。

17 公元21年，王莽派大將景尚帶兵圍剿赤眉軍。樊崇早有準備，派兵重重包圍景尚，然後一槍扎過去，把他殺了。

18 大將被殺，官兵羣龍無首，一下子就亂了。赤眉軍趁機把他們打到落花流水。

19 除了綠林軍和赤眉軍以外，全國還有不少起義隊伍如雨後春筍般湧出，王莽的新朝岌岌可危。

昆陽大戰

在起義浪潮中，漢高祖劉邦的後代劉縯（粵音：演）和劉秀想恢復漢室，也起兵造反。

1 劉縯和劉秀起兵後，聯合綠林軍，實力逐漸強大。為了統一指揮隊伍，他們推舉貴族劉玄做皇帝，恢復漢朝國號。

2 從此，綠林軍被稱為漢軍。劉玄史稱更始帝，他拜王匡、王鳳為上公，劉縯為大司徒，劉秀為太常偏將軍。

3 更始帝令王鳳、劉秀等率軍攻昆陽。漢軍勢如破竹，攻下了昆陽，隨後又乘勝攻郾城（郾，粵音演）和定陵。

4 王莽得悉消息，心急如焚，急忙派大將王尋和王邑率領四十二萬兵馬，殺向昆陽。

5 當時，駐守昆陽的漢軍不過八九千人，而對方號稱百萬大軍。雙方實力懸殊，有將領主張放棄昆陽，返回原來的據點。

6 劉秀不同意，他說：「如果我們放棄昆陽，其他的地方也會失守，這樣漢軍就完了，不如大家齊心協力，共同進退！」

7 大家都認同。於是劉秀讓守城的官兵只守不戰，自己則率領十幾個人趁黑夜衝出南門，去郾城和定陵調兵。

8 王尋和王邑仗着勢眾，以為很快能攻下昆陽。誰知昆陽的將士嚴防死守，無論是撞城門，還是放箭，都未能攻入。

9 就在雙方僵持不下的時候，劉秀帶着救援的先鋒部隊趕到。他先發制人，衝進敵軍的陣營，打得他們節節敗退。

10 守城的將士見劉秀在外面打勝仗，也打開城門衝了出來。他們裹應外合，將王尋和王邑的官兵打得落荒而逃。

11 昆陽一戰摧毀了王莽的主力，劉秀的威信也獲得提升。他接着打了幾次勝仗，把自己的軍隊擴充至幾十萬人。

馬援老當益壯

馬援是東漢的開國名將，也是歷史上著名的將軍之一。

1 公元25年，劉秀稱帝，國號漢，史稱光武帝。東漢建立了，但天下並未完全統一，各地仍紛爭不斷。

2 當時隗囂（隗，粵音葵）佔領西州，但他想歸附一位英明的統治者。見公孫述在蜀地稱帝，他便派手下馬援去打探消息。

3 沒想到公孫述自高自大，沒有宏圖偉志。馬援回去後把情況如實告知隗囂，隗囂便打消了歸附公孫述的想法。

④ 公元28年，馬援奉命去聯絡光武帝劉秀。劉秀很賞識馬援。馬援見劉秀膽識過人，認定他是一個可以追隨的好皇帝。

⑤ 馬援回去勸隗囂歸順光武帝。隗囂這時受部下王元的挑唆，打算自立為王，馬援只好投靠光武帝。

⑥ 在光武帝統一中國的過程中，馬援立下不少戰功，他說男人應該死在邊疆的戰場上，讓人用馬革裹着屍體回來安葬。

⑦ 公元35年，光武帝任命馬援為隴西太守。這年的夏天，西部的一個羌族部落侵犯隴西，馬援率領兵馬，奮勇出擊。

8 馬援的三千兵馬氣勢如虹，嚇得守塞的八千多羌人丟盔棄甲，被羌人搶去的糧食和牲畜也被追了回來。

9 當時，羌族還有幾萬人馬在其他要塞頑抗，馬援便從小路進行突襲，羌人倉惶逃出隴西，馬援軍隊大獲全勝。

10 公元48年，又有一個叫「五溪蠻」的部族侵犯東漢，光武帝連續派了幾個大將去抗擊，都吃了敗仗。

11 老將馬援着急地向光武帝請求出征。此時，他已經是六十多歲的老人了，光武帝見他年事已高，沒有答應。

12 馬援見光武帝不同意他出征，就說：「陛下，臣的身體還硬朗得很。」當下叫人取來盔甲，牽來戰馬，要求出征。

13 光武帝只好同意。只見馬援穿上盔甲，跨上戰馬，雖然年長，但仍英姿勃勃。滿朝文武大臣沒有不稱讚的。

14 光武帝看後，由衷地感慨道：「將軍真是老當益壯啊。」於是，光武帝命他率領四萬精兵，前去抗擊五溪蠻。

15 不料，在這一次出征中，馬援還沒取得戰爭的勝利就病死軍中，享年六十三歲。

強項令董宣

光武帝劉秀建立東漢政權後，禮賢下士，連治罪皇親國戚的人也能寬容對待。

1 光武帝知道百姓憎恨戰爭，便一邊推行休養生息的政策，讓百姓安定下來；一邊制定各種法令來治理國家。

2 有些皇親國戚卻不把這些法令放在眼裏。光武帝的姐姐湖陽公主依仗兄弟做皇帝，連手下犯了事也放縱不管。

3 有一次，湖陽公主的奴僕在大白天殺了人，觸犯刑律。這名奴僕躲進公主府不肯出來，官府也不敢進去捉他。

95

④ 洛陽令董宣知道後非常氣憤，決心要把他捉拿歸案。可是，董宣不能直闖公主府捉人，只好派人守在公主府門外。

⑤ 過了幾天，湖陽公主坐着馬車出來，跟着她的正是那名殺人兇手。董宣立刻帶人上去追捕。

⑥ 湖陽公主見馬車被攔截，便從車窗中探頭出來厲聲責問：「你竟敢攔本公主的車，你不怕被殺頭嗎？」

⑦ 誰知董宣根本不理她那一套，直接派人把那名奴僕拉下來，宣布他的罪狀，並當場處決。

8 這樣就把湖陽公主得罪了。她怒氣沖沖地趕入宮，向光武帝哭訴，要求懲罰董宣。

9 光武帝聽說董宣對他的姐姐無禮，十分生氣，立刻召他入宮，還吩咐侍衛拿了鞭子，要當面責打董宣。

10 董宣入宮後，見光武帝要鞭打自己，就說：「陛下一向重視法令，如今卻縱容公主包庇犯人，怎麼還能治理天下呢？」

11 董宣停了下來，說：「用不着打我，玷污你的英明，我自己撞死好了。」說完，便一頭朝旁邊的柱子撞去。

12 光武帝連忙叫侍衞攔住，可是來不及了，董宣的額頭被撞得頭破血流。

13 光武帝心裏十分佩服董宣，也覺得不該責打他，但為了顧全公主的顏面，便讓董宣向公主叩頭賠禮。

14 沒想到董宣寧可砍頭也不叩頭。侍衞只好用力地把他的頭往下按，他卻用兩手使勁撐着地，挺着脖子不低頭。

15 侍衞知道光武帝並不想難為董宣，只是要給他的姐姐一個下台階，於是說：「陛下，董宣脖子太硬，按不下去。」

16 光武帝只好笑了笑，順水推舟地說：「行了，把這個硬脖子趕出去。」

17 董宣走了，湖陽主公很不高興。光武帝說：「並非我治不了一個小小的縣令，而是我要以身作則才能使天下信服。」

18 光武帝耐心地把姐姐勸走以後，馬上派人賞給董宣三十萬錢，表彰他不畏權勢，執法嚴明的精神。

19 後來，這件事傳了出去，那些皇親國戚再也不敢像從前那樣目無法紀。百姓紛紛稱讚董宣，稱他為「強項令」。

班超投筆從戎

班超出身書香世家，但他並不想做個文弱書生，而是投身沙場，從軍立功。

1 漢明帝時，匈奴頻頻侵犯漢朝邊境，一度與漢朝友好往來的西域各國也歸附匈奴，斷絕與漢朝的往來。

2 一天，蘭台令史班超聽說北方的匈奴又來侵犯漢朝邊境，便把筆桿子一甩，報名從軍去了。

3 執掌兵權的竇固見班超有勇有謀，便派他率隊出使西域，斬斷各國與西域的聯繫，再去對付匈奴。

4 班超帶領三十六個隨從來到西域的鄯善國（鄯，粵音善）。鄯善國當時已歸順匈奴，但對匈奴無休止的索取很不滿。

5 鄯善王看到漢朝使者帶着貴重的禮物前來慰問，非常開心，熱情地接待他們。

6 可是過了幾天，鄯善王的態度突然變得冷淡起來。班超猜想，可能是匈奴的使者到來的緣故。

7 這天晚上，鄯善王的僕人送酒食過來，班超故意說：「匈奴的使者來了多少天？他們住在哪裏？」

8 僕人以為班超已經知道內情，就老實回答：「他們來了三天，住在離這三十里遠的地方。」

9 班超對隨從說：「我們來西域是想立功報國，萬一鄯善王把我們捉起來送給匈奴，我們就不能回去了。」

10 隨從聽了不知該怎麼辦。班超又說：「如今只有趁天黑把匈奴的使者殺掉，鄯善王才會跟我們交好。」

11 到了半夜，班超帶着十個壯士悄悄潛到匈奴的帳篷外面，順着風勢放了一把大火，然後擂鼓大喊。

12 匈奴使者以為來了很多人，嚇得到處亂竄。班超一行趁亂把匈奴使者和他們的隨從全部殺掉。

13 鄯善王聽說匈奴使者被殺，親自來到班超帳篷裏，表示願意與漢朝交好，從此不再與匈奴往來。

14 班超勇殺匈奴人的事傳到洛陽，漢明帝對他很是讚賞，便命他繼續出使西域的其他國家。

15 這次，班超一行來到于闐（粵音：田）。碰巧，匈奴的使者也到了那裏。于闐王感到左右為難，就請巫師來問吉凶。

16 那巫師偏心匈奴，便裝神弄鬼地在于闐王的耳邊說班超和漢朝的壞話，還唆使他把班超從中原騎來的馬要過來。

17 于闐王聽信了巫師的話，就派人去向班超要馬。班超爽快地答應，但是要求巫師親自來取。

18 巫師不知是計，於是自己過來挑馬。等他一進到營地，班超拔出劍就把他殺掉。

19 班超提着巫師的頭顱去見于闐王，還和他說了許多動之以情曉之以理的話。

20 于闐王早就聽過班超出使鄯善的事，如今總算見識了班超的屬害。於是，他惶恐地說：「我願意和漢朝友好。」

21 見鄯善、于闐等西域大國跟漢朝建交，龜茲、疏勒等國也先後跟漢朝交好，中原和西域的關係恢復了。

22 公元75年，漢明帝去世，漢章帝繼位。朝廷想召回班超，但他想繼續留在西域，讓西域五十多個國家先後歸附漢朝。

23 直到公元102年，在西域待了三十一年後，年滿七十歲的班超才奉詔返回洛陽，被封為「射聲校尉」。

蔡倫改進造紙術

造紙術是中國的四大發明之一，蔡倫改進造紙術，促進了造紙業的發展。

1 東漢年間，一個名叫蔡倫的人在宮內當差，他頭腦聰明，因而不斷被提拔。漢和帝即位後，他成了皇帝身邊的隨從。

2 蔡倫看到漢和帝每天都要批閱堆成山的簡牘（粵音：讀），很不方便，就想着要造出一種輕便又實用的書寫材料。

3 其實，當時已經有了棉麻做的紙，但是又粗又黑，沒辦法用來寫字。所以，蔡倫就處處留意是否有適合書寫的造紙材料。

④ 有一天，蔡倫和幾個小太監去城外遊玩。他們來到一個幽靜的山谷，只見小溪清澈見底，岸邊綠樹成蔭，景色迷人。

⑤ 他們一路嘻笑打鬧，非常開心。突然，蔡倫眼睛一亮，看見水上漂着一些薄薄的、棉絮一樣的東西。

⑥ 蔡倫快步走過去，用手小心地撈起一些，仔細觀察起來。其他的小太監見到也都圍過來看。

⑦ 剛巧溪邊有個農夫在放牧，蔡倫就捧着這些撈到的東西，上前問：「你知道這些是什麼東西嗎？」

8 農夫看了看，說：「這是人們扔了的麻頭、破漁網和樹皮，因長時間浸在水裏，又被太陽暴曬，就成了這樣。」

9 蔡倫深受啟發，他想仿照這些毛絮製造出一種薄紙。於是，他馬上回宮，在手作坊裏研究起來。

10 他把樹皮、麻頭、破布等東西剪碎，放在水中浸泡。一段時間後，雜物都腐爛了，不容易爛的纖維就留了下來。

11 接着，他把纖維放進石臼中，用力搗成漿，然後在竹篾上把漿狀物攤成薄薄的一層。

12 均勻地攤好薄漿後，蔡倫把竹篾放在太陽底下曬。很快，這層漿狀物就曬乾了。蔡倫把它揭下來，就成了薄薄的一張紙。

13 用這種方法造出來的紙，紙質又輕又薄，表面也比較光滑，十分適合寫字，而且造紙所用的原材料非常便宜。

14 蔡倫成功改進造紙術後，將造紙的方法詳細記錄下來，呈奏給漢和帝。漢和帝看了他的文章和造出來的紙，十分滿意。

15 在漢和帝的大力倡導下，這種先進的造紙術很快就流傳到全國各地。百姓將這種優質的紙叫做「蔡侯紙」。

跋扈將軍 梁冀

外戚梁冀掌握大權，他一連立了三個小孩子當皇帝，結局如何呢？

1 公元125年，漢順帝即位，他的皇后姓梁，皇后的哥哥梁冀當上大將軍。不過，沒過幾年，漢順帝就去世了。

2 手握大權的外戚梁冀先立兩歲的劉炳為皇帝，史稱漢沖帝。漢沖帝繼位不到半年，就生病死了。

3 梁冀又立了八歲的劉纘（粵音：轉）為帝，史稱漢質帝。漢質帝年紀雖小，但是聰明，看不慣梁冀獨斷專行的樣子。

4 有次，漢質帝在朝上，當着文武百官的面，對梁冀說：「你是個跋扈將軍。」跋扈乃專橫暴戾的意思。

5 梁冀一聽，氣壞了，又不好當場發怒。後來，他暗中吩咐內侍把毒藥放在煎餅裏，端給漢質帝吃。

6 漢質帝哪裏知道有毒，他吃了餅，沒過多久就感覺肚子不舒服，小臉皺成了一團。

7 梁冀站在一側，不許人叫太醫，甚至連水也不給漢質帝喝。漢質帝很快倒地而亡。

8 梁冀害死了漢質帝，又挑選了十五歲的劉志繼位，史稱漢桓帝。漢桓帝即位後，大權全都落入梁冀手上。

9 此後，梁冀更是飛揚跋扈，為所欲為。他霸佔了洛陽附近的大量民田，在那裏修建亭台樓閣，當作自己的私人花園。

10 在梁冀掌權的二十多年間，所有的官吏都得聽他的命令，連皇帝也不能過問政事。

11 後來，梁冀竟然派刺客去刺殺漢桓帝寵妃的母親。不料刺客被逮捕，並和盤托出是受梁冀指使的。

12 漢桓帝忍無可忍，就聯絡五個與梁冀有仇的宦官，趁梁冀沒防備，派一千多羽林軍，包圍他的住宅。

13 梁冀走投無路，只得服毒自殺，梁氏一族也被滿門抄斬。那些投靠梁冀的官員也全被撤職查辦。

14 知道梁冀已死，百姓們個個都很高興。漢桓帝便沒收梁家產業，而被梁家佔用的民田，就歸還給農民耕種。

15 參與剿滅梁冀的五名宦官立了大功，他們全被封為侯，世稱「五侯」。從此，東漢的朝政大權又落入宦官手裏。

醫聖 張仲景

張仲景是東漢末年著名的醫學家，寫了一部經典的醫學名著《傷寒雜病論》。

1 張仲景是河南南陽人，他的叔父張伯祖是南陽名醫，張仲景拜他為師，經常隨他去給人治病。

2 張仲景的醫術不斷提升，很快成為有名的醫生。由於他為人善良，有求必應，因此被推舉為孝廉，出任長沙太守。

3 張仲景想繼續為百姓治病，可是當時的官員不能隨便到百姓家裏去，所以他不上班時，就在家裏開設診堂。

4 不過，很多人不知道張仲景在家裏開了診堂，於是他就把衙門大堂當診堂，在初一、十五這兩天開堂為百姓治病。

5 這樣一來，前來看病的百姓絡繹不絕，張仲景救人無數，百姓對他格外擁護，並稱他為「坐堂醫生」。

6 當時，全國各地流行瘟疫。張仲景的家族原本有兩百多口人，可是短短十年間就病死了一百三十多人。

7 眼看親人一個個被奪去生命，張仲景下定決心，要根除這個禍害百姓生命的疫病。

8 他毅然辭去太守職務，回到家鄉南陽。當時正是寒冬臘月，可是百姓還是穿着單薄的衣服在外奔波。

9 看見百姓的耳朵都被凍爛，張仲景十分難過，便研製了一個可以禦寒的食療方子——祛寒嬌耳湯。

10 他叫人架起大鍋，把羊肉、辣椒和藥材放進去熬煮，然後撈出來切碎做餡，再用麵皮包成耳朵形狀的「嬌耳」。

11 嬌耳做好以後，又放進藥湯裏煮熟，再盛出來一碗碗分給窮人吃。

12 他們吃了嬌耳，喝了熱湯，頓時全身發熱，兩耳發燙，凍傷的耳朵很快便好了。

13 此後，張仲景每年從冬至到大年三十，天天將這種湯施捨給窮人。據說，這個嬌耳漸漸就演變成今天的餃子。

14 在家鄉，張仲景除了每天為百姓治療疾病，還埋首鑽研《內經》等古代醫學專著，廣泛收集流傳於民間的各種藥方。

15 就這樣，經過數十年嘔心瀝血的努力，張仲景終於寫成著名的《傷寒雜病論》，他也因此被稱為「醫聖」。

黃巾起義

經過外戚和宦官的輪番折騰，到漢靈帝時已國庫虧空，政權岌岌可危。

1 河北鉅鹿有三兄弟，老大叫張角，老二叫張寶，老三叫張梁。他們見朝廷腐敗，就立志要推翻漢朝的統治。

2 張角懂得醫術，他給窮人看病，從來不收錢，因而深受百姓愛戴。

3 當時，百姓都盼望過沒有瘟疫、沒有壓迫的太平日子，但他們無法從現實中得到幫助，只能從精神方面尋求解脫。

④ 張角心想，或許可以利用宗教將人們組織起來。於是，他創立了太平道，還收了一些弟子，和自己一起傳道。

⑤ 他們周遊各地，一邊給百姓治病，一邊傳道。大約用了十年時間，太平道就傳遍全國，教徒發展到幾十萬人。

⑥ 各地官員以為太平道就是勸人為善、幫人治病的教派，誰也沒有把它放在心上。

⑦ 朝廷裏有大臣看出苗頭，奏請漢靈帝下令禁止太平道。但漢靈帝正忙於建造他的園林，沒把太平道當一回事。

8 後來，張角見時機成熟，就暗地裏把全國幾十萬百姓組織起來，分為三十六方，每方推舉一個首領，由張角統一指揮。他們秘密約定在甲子年三月初五起義，口號是「蒼天已死，黃天當立；歲在甲子，天下大吉」。

9 可是，就在起義前一個月，起義軍內部竟出現了叛徒，向朝廷稟報了起義軍的全盤計劃。

10 朝廷馬上派人搜捕及殺了一千多人，並下令捉拿張角兄弟。

11 面對突變的形勢，張角只好決定提前起義。由於起義軍頭上都裹着黃巾作為標誌，因此被稱為「黃巾軍」。

12 黃巾軍開始攻打各地郡縣，火燒官府，並且開倉放糧，懲治官史。聲勢十分浩大，不到十天，全國都發生動亂。

13 這時，漢靈帝才意識到問題的嚴重，連忙派出兩路大軍前去鎮壓。可是黃巾軍人多勢眾，官兵根本抵擋不了。

14 於是，漢靈帝又下了一道詔書，要各地官員自行招募人馬對付黃巾軍。

15 各地的官兵很快就壯大起來，他們反擊過來時，黃巾軍的糧草、武器便漸漸供應不上了。

16 黃巾軍奮勇抵抗達九個月。不幸的是，在這個關頭，張角染病身亡，黃巾軍的戰鬥力一下子就削弱了。

17 張寶、張梁忙著處理哥哥的後事，降低了警惕。朝廷趁機攻過來，張寶、張梁領黃巾軍拼死抵抗，後來相繼戰死。

18 沒有了首領，黃巾軍最終被鎮壓了，但是這支農民起義軍卻給東漢王朝致命一擊，加速了它的滅亡。

王允巧施連環計

效忠漢室的王允為了鏟除滿懷野心的董卓，巧用連環計將他除掉。

1 西涼刺史董卓藉着鎮壓黃巾軍起義的功勞，被封為將軍。他的勢力越來越大，野心也越來越大。

2 後來，董卓廢掉漢少帝劉辯，立九歲的劉協為帝，史稱漢獻帝，並遷都長安。他自封為相國，獨攬朝政大權。

3 從此，董卓越發驕橫跋扈，不僅四處搜刮財物，還殘害百姓，百姓對他又怕又恨。

④ 當時有個大臣叫王允，他對朝廷非常忠心，決心要除掉董卓。可是苦於沒有良策，他為此整天坐立不安。

⑤ 王允府中有個歌女叫貂蟬，她見王允整天愁眉不展，就上前勸慰。

⑥ 王允見到美貌的貂蟬，忽然想到可用美人計置董卓於死地。於是，他認貂蟬為乾女兒，準備實施他的計劃。

⑦ 第二天，王允在府中請董卓的乾兒子呂布吃飯。酒席上，王允特意安排貂蟬來跳舞助興。呂布立刻被貂蟬迷住了。

本故事中貂蟬之名出自小說《三國演義》，史書《三國志》只記載董卓與呂布為一名女子而生矛盾，但並沒記載該女子的名字。

8 王允趁機説要把乾女兒貂蟬許配給呂布。呂布非常高興，還和王允約定，過幾天就來迎娶貂蟬。

9 第三天，王允又請董卓到府上吃飯。席間，王允也讓貂蟬出來跳舞助興。董卓向來好色，看到貂蟬立刻垂涎三尺。

10 王允見了，連忙説：「如果相國喜歡，我願意把她獻給你。」董卓假裝推辭了一番，當晚就把貂蟬帶回家。

11 呂布得知消息後，氣沖沖地跑來興師問罪。王允説：「相國親自來要人，我哪敢不給？」呂布感到又無奈又生氣。

12 隔天，趁董卓上朝之際，呂布來到相國府找貂蟬。貂蟬一見呂布，便向他哭訴自己被董卓霸佔的痛苦。

13 呂布看見貂蟬楚楚可憐的模樣，心痛不已，暗自發誓要把她奪回來。

14 怎料，董卓下朝回來，路過後花園時正好看見他們。他怒氣衝天地拿着戟就朝呂布刺去。呂布只好匆匆逃了出來。

15 呂布狼狽地來到王允府上，大罵董卓。王允說：「你們本不是一家人，如今他搶了你的妻子，哪還有什麼父子情分呢？」

16 這話正説中呂布的痛處。於是他和王允合計密謀，要除掉董卓。

17 兩天後，王允假傳聖旨，説皇帝病癒後要把皇位讓給相國，讓他上朝受禪。

18 董卓不知是計，高興地來到皇宮。結果，他一進宮門，就被呂布用戟刺破了喉嚨，倒地而死。

19 王允還讓人把董卓的屍體扔在街頭，讓百姓洩憤。百姓見奸臣終於被鏟除，個個都拍手稱快。

曹操煮酒論英雄

董卓死後不久，長安發生內亂，呂布兵敗逃走，王允也被殺了。曹操因為擁立漢獻帝有功而被重用。

1 曹操與劉備喝酒談論天下英雄，到底誰算得上是真正的英雄呢？

2 一天，曹操正在謀劃如何鏟除呂布，忽然有人來報，劉備帶人前來投奔。曹操非常高興，熱情地將他們迎入府中。

3 劉備原是皇室後裔，他從小沒父親，與母親靠賣草鞋、草蓆為生，後得到富商資助，才得以招兵買馬闖天下。

④ 由於勢力單薄，劉備便帶着關羽和張飛，一同來投靠曹操。

⑤ 不久，劉備和曹操聯合起來征討呂布。呂布被擒之後，曹操便讓漢獻帝封劉備為左將軍，並以厚禮相待，一同出入。

⑥ 曹操生性多疑，他表面上十分器重劉備，實際上卻一直防備劉備，生怕他打出皇族的旗號來號召天下。

⑦ 劉備深知曹操的心思，整天為此提心吊膽。為了掩人耳目，他幾乎不參與政事，整天在家中的後園種菜度日。

8 關羽和張飛也蒙在鼓裏，天天埋怨劉備無所事事，只會種菜。劉備每次都只是輕輕一笑，也不作解釋。

9 有一次，曹操派人去劉備家中刺探虛實。來人見劉備忙着除草、澆水，回去如實稟報。曹操聽了，才稍稍放下心來。

10 過了一段時間，曹操請劉備到府中飲酒。那天正好張飛和關羽都不在家，劉備心裏七上八下的，只好獨自赴會。

11 到了曹操府上，曹操邀他去後花園喝酒聊天。酒喝到一半，曹操突然問：「當今天下，你認為誰算得上英雄？」

12 劉備知道曹操是在試探自己，就裝作沒有見識的樣子說：「河北的袁紹稱霸中原，手下能人也多，可以稱作英雄。」

13 曹操笑了笑，說：「袁紹優柔寡斷，貪圖小利，難成大事。」

14 劉備又提到劉表、劉璋（粵音：章），但都被曹操否定。劉備只好苦笑說：「那我就不知道還有誰能算是英雄了。」

15 曹操先指着劉備，又指了指自己說：「當今能算得上英雄的，只有你和我。」劉備心中一震，手中的筷子掉到地上。

16 這時恰好響了一聲驚雷。劉備馬上定了定神，俯身拾起筷子，掩飾道：「好大的雷聲，把我的筷子都嚇掉了。」

17 曹操聽了並沒有懷疑。劉備就這樣巧妙地將自己的失態掩飾了過去，有驚無險地喝完了這頓酒。

18 回到家裏，劉備反覆思量曹操的話，覺得他把自己當成唯一強大的對手，日後肯定不會放過自己的。

19 幾天後，曹操派劉備去徐州截擊袁術。於是，劉備趁此機會，帶着關羽、張飛離開了。

官渡之戰

官渡之戰是中國古代戰爭史上著名的以弱勝強的戰例。

1 在北方，袁紹不斷擴張勢力，搶佔了黃河以北的地區，曹操也漸漸統一了黃河以南的地區。

2 袁紹實力強大，擁有數十萬兵馬。曹操只有幾萬兵馬，但是他將漢獻帝接到許昌，借天子的名義發號施令。

3 袁紹覺得曹操將是他稱帝的最大障礙。公元200年，袁紹調集十萬兵馬，由大將顏良率領，南下討伐曹操。

4 袁軍率軍先攻佔黎陽,然後渡過黃河,包圍了軍事重地白馬。

5 曹操知道不能與袁軍硬碰硬,於是他採用聲東擊西的策略,先派一支兵馬假裝要從延津渡河。

6 袁紹知道後,連忙派兵攔截。曹操卻乘機率軍東進,突襲白馬,袁軍猝不及防,大將顏良被殺,解除了白馬之圍。

7 袁紹得知前線戰敗,便派大將文醜率領五千兵馬追擊。結果袁軍在中途遭到曹軍埋伏,兵馬被殺,文醜也被斬首。

8 袁紹接連吃了兩次敗仗，損失顏良、文醜兩員大將，一時軍心大亂，但他還想仗着兵多的優勢打敗曹操。

9 曹操退守到官渡，袁紹率軍一直追到官渡，才停下安營紮寨。兩軍就在官渡對峙起來。

10 曹操只有三四萬兵馬，攜帶的糧草也不足以維持太長時間。為保存實力，只好堅守陣地不出戰。

11 幾個月後，曹軍的糧食越來越少，士兵疲勞不堪。曹操認為長期僵持下去，對自己有害無利，就打算撤兵。

12 謀士荀彧（粵音：沃）不贊同，認為敵我兵力懸殊，曹軍一旦撤退定會被袁軍擊敗。只能繼續堅守，再找機會突圍。

13 這時，袁紹的謀士許攸（粵音：柔）得知曹軍缺糧，就向袁紹獻計，建議派小分隊繞過官渡，偷襲曹操的大本營許昌。

14 但袁紹遲遲不肯出兵，多次錯失戰機。許攸很失望，覺得袁紹難成大事，就連夜投奔去老相識曹操。

15 當時，曹操心情煩悶，正在大營裏洗腳；聽說許攸前來投奔，高興得光着腳就跑出帳外迎接。

16 許攸見了，十分感動。坐定之後，他直接問：「袁紹兵多糧足，你們還有多少糧食。」曹操生性多疑，不肯說實話。

17 許攸生氣地說：「我誠心相投，你卻拿謊話來敷衍我，真叫人失望。」曹操只好如實相告，糧草差不多用完了。

18 許攸立刻獻上一計，讓曹操儘快發兵烏巢，毀了袁紹的糧草。還說袁軍糧草一毀，不出三天必敗。

19 曹操聽了大喜。當天夜裏，他就親自率領五千精兵，繞小路來到烏巢。

20 他們打着袁軍的旗號，謊稱是袁紹派來增援防守的。烏巢守軍沒有起疑，就把他們都放進關。

21 曹軍過關之後，迅速在四處點火。堆滿糧草的烏巢頓時火光沖天，燒成一片火海。烏巢守軍慌忙應戰，死傷無數。

22 袁紹連忙派兵增援，沒想到半路遭到曹軍的伏擊，被打得四處逃散。

23 最後，袁紹帶着八百騎兵倉惶逃回黃河以北。此後幾年，曹操逐步消滅了袁紹的其他殘餘勢力，基本上統一了北方。

孫氏兄弟據江東

當曹操和袁紹在北方激烈爭奪的時候，孫策、孫權兄弟逐漸壯大，佔據了江東。

1 孫策和孫權兩兄弟的父親孫堅原是袁術的部下。孫堅死後，孫策便帶着人馬投靠袁術。

2 袁術雖然喜歡孫策這位少年英雄，但他對孫策懷有戒心，一直沒有重用孫策。時間一長，孫策也感覺出來了。

3 揚州刺史劉繇（粵音：搖）把孫策的舅父、丹陽太守吳景逼走，孫策以此為藉口去江東打劉繇。袁術同意了。

4 孫策領一千人馬向南進兵，一路上有許多人投奔他，很快就發展到五六千人。

5 不久，孫策的好友周瑜也帶着人馬來跟他會合，孫策的勢力更加壯大了。

6 他們率軍渡江，很快就打敗劉繇的人馬，劉繇被嚇得棄城而逃。

7 孫策佔領曲阿（粵音：柯），不久又乘勝進攻，拿下會稽、東冶等地，孫策的名字一時威震江東。

8 孫策佔據了江東，還雄心勃勃地想向北發展。然而，一次上山打獵時，他遭人暗算，被箭射中面頰。

9 雖然醫生使出了渾身解數，但是孫策的傷勢還是越來越重，很快就臥牀不起了。

10 這天，孫策召張昭來，將弟弟孫權託付給他。接着把印綬交給孫權，囑咐他要穩定江東，說完就離世。

11 張昭火速派人通知在外駐守的周瑜。周瑜連夜帶兵趕來，與張昭共同輔助孫權。

12 孫權接任後，雖然統治江東六郡，但有人不服他，人心渙散。幸好張昭、周瑜齊心協力，才把局面穩定下來。

13 周瑜有個好友叫魯肅，很有見識。於是，他向孫權推薦，孫權立刻派人請魯肅來。兩人一見面，就談得十分融洽。

14 魯肅給孫權分析天下形勢，提出先立足江東，再佔領荊州，最後奪取天下的戰略步驟。孫權聽後，豁然開朗。

15 此後，孫權不斷招攬人才，文臣武將齊聚一堂，大大穩固了在江東的統治。

三顧茅廬

劉備離開曹操之後先投奔袁紹，後又投奔荊州刺史劉表，並在新野駐紮下來。

1 劉備在新野有了落腳之地以後，便開始圖謀更大的發展，並四處尋訪能輔佐自己的人才。

2 劉備親自向名士司馬徽請教。司馬徽說：「本地有臥龍、鳳雛兩俊傑，只要得到其中一位就可安定天下。」

3 回到新野後，謀士徐庶正好前來投奔他。劉備與他一見如故，於是讓他幫自己訓練兵馬。

4 一天，劉備與徐庶談論天下人才。徐庶說：「我有個朋友叫諸葛亮，人稱臥龍先生，將軍若得到他，必能成就大業。」

5 諸葛亮字孔明，聰明好學，常常自比戰國的管仲、樂毅。他住在隆中臥龍崗，因而被人譽為「臥龍先生」。

6 見司馬徽和徐庶都如此推崇臥龍，劉備說：「你趕快請他來吧。」徐庶卻說：「將軍親自去請，才能顯示誠意啊。」

7 劉備覺得徐庶說得有理，就帶上關羽、張飛，親自去隆中拜會諸葛亮。

8 劉備三人趕到諸葛亮的住處，不料諸葛亮不在家。他們一直等到天黑，也不見諸葛亮回來，只好回去。

9 過了幾天，劉備再去拜訪諸葛亮。這天天氣非常寒冷，半路還下起鵝毛大雪。

10 張飛和關羽勸劉備改天再去，劉備不肯。於是三人冒著風雪，艱難前行，走了很久才到諸葛亮處。但諸葛亮又不在家。

11 一連吃了兩次閉門羹，張飛和關羽心中非常憤怒，但劉備並不介意，還耐心地勸說二人。

12 過了一段時間，轉眼就到春天。劉備選了一個吉日，並齋戒三日，淋浴更衣，準備第三次登門拜訪諸葛亮。

13 這一回，諸葛亮總算在家了，不過他正在睡午覺。劉備不敢驚動諸葛亮，一直站在門外等候。

14 過了一個多時辰，諸葛亮終於睡醒，劉備連忙上前行禮求教。

15 諸葛亮被劉備三顧茅廬的誠意所感動，連忙起身將劉備迎進屋中談話，與他詳細分析天下形勢。

16 劉備打從心裏佩服諸葛亮的遠見卓識，於是恭恭敬敬地請他共謀大業。諸葛亮見劉備心懷天下，答應出山相助。

17 不久，劉備拜諸葛亮為軍師，對他非常器重，兩人的關係也一天比一天親密。

18 張飛和關羽受到冷落，很不服氣。劉備對他們說：「我有了孔明先生，就像魚兒得到水，你們不要再說閒話了。」

19 後來，諸葛亮屢次展現自己的才華，幫助劉備不斷壯大勢力，使他最終成為三分天下的一方霸主。

赤壁之戰

曹操揮軍南下，在赤壁與劉備、孫權聯軍展開了一場大戰。

1 曹操統一北方以後，繼續率軍南下，打算先攻打荊州的劉表，再消滅佔據江東的東吳孫權。

2 這時，劉表剛去世，他的兒子劉琮（粵音：蟲）接任。他見曹操軍隊來勢洶洶，就立即主動投降。

3 劉備當時正駐守在離荊州不遠的樊城，聽說曹軍來了，急忙撤退。但曹軍仍然步步緊逼，形勢十分危急。

4 諸葛亮建議劉備與孫權聯合起來，利用長江天險，共同對抗曹操。劉備覺得這建議可行，就派諸葛亮去見孫權。

5 諸葛亮一見孫權，就向他詳細分析了天下的形勢和曹操的野心，建議孫劉兩軍聯合起來作戰。

6 孫權正好也有這想法。於是，他任命周瑜為都督，負責調兵遣將，與劉備的水軍會合，聯合抵抗曹操。

7 孫劉聯軍和曹軍的部隊在赤壁相遇，由於水土不服，曹軍不少士兵都患病，因此雙方初次交戰曹軍便被打敗。

8 曹軍被迫退回長江北岸，孫劉聯軍則佔據長江南岸，兩軍隔江對峙。

9 曹操的士兵大多是北方人，不熟水性，一上船就眩暈嘔吐，生起病來。可是要渡過大江，又非坐船不可。

10 曹操一直為這事煩惱。後來他採用謀士的建議，用鐵鍊把戰船連在一起，再鋪上木板，既可供人在上面走，還可以騎馬。

黃蓋

11 東吳老將黃蓋看到這情況，向周瑜建議：「曹軍把戰船都連在一起，用火攻的話，他們就無處可逃。」

12 周瑜也是這麼想，於是兩人仔細商量後，決定上演一場苦肉計，誘使曹操上當。

13 第二天，周瑜召集手下大將商議攻打曹操的計策，黃蓋故意說曹軍太強，孫劉聯軍遲早要戰敗，不如早些投降。

14 周瑜大怒，罵黃蓋擾亂軍心，要拉他出去斬首示眾。在眾將士的勸說下，周瑜才免他一死，改為責打五十軍棍。

15 黃蓋被打得皮開肉裂，多次昏死過去。幾天後，他暗地裏派人給曹操送去密信，表示願意投降曹軍。

16 曹操懷疑此事有詐，但混在周瑜軍營的奸細報告了黃蓋被痛打的經過。曹操才信以為真，與黃蓋定下歸降暗號。

17 一切都按計劃進行着，可是江上的西北風卻讓周瑜愁眉不展，他擔心使用火攻會燒到自己。

18 過了一會兒，周瑜回到帳內，把黃蓋叫來，還吩咐他悄悄地做好火攻的準備。

19 到了約定歸降的日子，風向突然變了，東南風越颳越猛。黃蓋馬上帶着士兵駕着二十艘裝滿乾柴草的船向江北駛去。

20 曹操見黃蓋來降，非常得意。很快，黃蓋的船來到曹軍戰船前面，只聽黃蓋突然大聲下令：「點火！」剎那間二十艘船同時着了火，就像一條條火龍，乘着風勢衝向曹軍戰船。

21 曹軍的戰船被鐵鍊連在一起，掙脫不開，一下子就被燒成一片火海。被燒死的、淹死的曹兵不計其數。

22 大火之中，曹操乘小船上岸，沒想到孫劉聯軍又設下了重重埋伏，迫得曹操帶着殘兵敗將狼狽突圍，好不容易才逃回北方。

華佗治病

華佗是東漢末年傑出的醫學家，被稱為「神醫」。

1 華佗是曹操的同鄉，自小熟讀醫學名著，精通醫學，不管什麼疑難雜症，到他手裏，大都藥到病除。

2 有一次，兩個軍官由於全身發熱頭痛就前來就診。華佗問診後，給一個開了瀉藥，給另一個卻開了發汗藥。

3 有人在旁邊看華佗開藥方，好奇地問他為什麼病人的病情相同，用的藥卻不一樣。

4 華佗說：「他們病症一樣，病因卻不同，一個受風寒，喝點發汗藥就行。另一個病根在體內，只有服瀉藥才能好。」

5 果然，兩個軍官回去服藥後，病很快就好了。他們都十分感激華佗的救治之恩。

6 華佗不但能治內科，還善於開刀做手術。為了減輕病人在手術中的痛楚，他還研製一種麻醉劑叫麻沸散。

7 這天，有病人肚痛得十分厲害，臉色蠟黃，呼吸急促，匆匆過來找華佗診治。

8 華佗診斷後，判斷病人得了盲腸炎。他讓病人服了麻沸散，然後為病人切除發炎的盲腸，再縫好傷口，敷上藥膏。

9 過了四五天，病人的傷口就癒合了。又過了一個月，病人就完全康復。

10 曹操一直患頭風病，每次發作時都心慌目眩，頭痛難忍。他聽說華佗醫術高明，就派人請他來為自己治病。

11 華佗為曹操仔細診斷後，便為他進行針灸。沒過多久，原本頭痛欲裂的曹操一下子就頭腦清醒，神清氣爽。

12 曹操非常高興，要把華佗留在身邊，專門為他治病。華佗一向以治病救人為己任，不願意只為曹操一人看病。

13 華佗藉口說妻子病重需要他回去診治，就離開曹操回到家鄉，並堅決不肯回去。曹操惱羞成怒，派人將他打入死牢。

14 臨死前，華佗想把寫好的醫書交給獄卒保管，但獄卒怕承擔責任，不敢接受。華佗悲憤不已，只好一把火將它燒掉。

15 後來，曹操的頭風病又多次發作，但沒人能幫他了。再後來，他鍾愛的幼子曹沖亦患病死去，他更悔恨不該殺了華佗。

關羽敗走麥城

樊城之戰使關羽戰死沙場，也使蜀國失去荊州重地。

1 劉備從孫權手中借了荊州後，又出兵打敗劉璋，佔領益州，並自立為漢中王。

2 公元219年，劉備派關羽攻打樊城。恰逢漢水暴漲，關羽利用大水淹沒了曹軍大將于禁的七支大軍，乘勝包圍樊城。

3 為解樊城之困，曹操想出一個一箭雙雕的主意。他寫信給孫權，約他一起夾擊關羽。

4 孫權一直對劉備不退還荊州懷恨在心，便採納了曹操的建議，派大將呂蒙率軍攻打關羽，奪取荊州。

5 呂蒙出發後，發現關羽早有防備，他不僅在荊州安排了留守兵力，還命人沿江搭建許多烽火台，以防敵人偷襲。

6 呂蒙見荊州難以攻破，一時間攻也不是，退也不是，不知道該怎麼辦。

7 年輕小將陸遜獻計：「將軍可以裝病辭去職務，換別人來統率軍隊，關羽就會放鬆警惕，將荊州的兵調去攻打樊城。」

8 呂蒙聽了，把這個計策告訴孫權。孫權覺得可行，就召呂蒙回來「養病」，讓默默無聞的陸遜接替呂蒙的職位。

9 陸遜一上任，就給關羽寫了一封信，信上全是奉承的話，謙卑地表達了自己對關羽的仰慕之情。

10 關羽讀信之後，果真認為陸遜是個無能之人，對自己不構成威脅，就把留守荊州的大部分人馬調去攻打樊城。

11 得知計謀得逞，孫權一邊派人去給曹操送信，讓他襲擊關羽；一邊派呂蒙悄悄進軍荊州。

12 呂蒙選出八十艘快船，挑選三萬精兵藏在船裏，又讓搖船的軍士都穿上布衣，打扮成商人的模樣，向長江北岸駛去。

13 呂蒙的隊伍到了對岸，遇到烽火台的荊州守軍盤問。他們謊稱是客船遇上了風浪，要靠岸躲避。

14 荊州的守軍居然相信。不料船一靠岸，船內精兵一齊殺出，把守護烽火台的士兵全都捉到船上。

15 船隊順利到達荊州城下，呂蒙讓被俘的荊州士兵去叫門吏開門。門吏認得他們，便爽快地打開城門。

16 東吳將士乘機衝進城裏，輕鬆奪取了荊州。接着，呂蒙又勸說江陵、公安的守衛投降東吳。

17 關羽在樊城與曹軍將領徐晃、曹仁交戰。得知荊州、江陵等相繼失守，他馬上從樊城南撤，想從吳軍手裏奪回荊州。

18 兩軍一碰面就展開激烈的廝殺。東吳的軍隊勢如破竹，關羽的疲勞之師只能節節敗退，一直退到麥城。

19 隨後，孫權率兵趕到，他派人勸關羽投降。關羽假裝投降，在城關上豎起白旗，暗地裏卻帶着十幾個騎兵棄城而逃。

20 孫權聞訊，派兵在關羽必經之路設下埋伏，用長鉤、絆馬索絆倒了關羽等人的坐騎，將他們活捉。

21 孫權很欣賞關羽的忠義和才能，親自來勸降，然而關羽誓死不降，還破口大罵孫權。

22 孫權的主簿左咸說關羽一心向着劉備，難以勸降，若不除掉必為大患。於是，孫權便下令殺掉關羽。

23 關羽被害的消息傳到劉備耳中，劉備傷心欲絕，整天痛哭不止。關羽的坐騎赤兔馬也日日哀鳴，沒幾天也死了。

曹丕稱帝

樊城之困解除不久，曹操自稱魏王，想待條件成熟後，讓他的兒子當皇帝。

1 魏王曹操有二十幾個兒子，但是最寵愛的是曹丕（粵音：披）和曹植，就想在他們二者之間挑一個立為世子。

2 曹丕從小在軍營長大，精於騎射，對諸子百家、古今經傳也有較深的研究。而曹植才華橫溢，詩才出眾。

3 曹操心底裏更喜歡曹植，想立他為世子，但大臣們都反對：「自古以來，王位都應該傳給長子，否則就會引來混亂。」

4 曹丕一直以來都嫉妒曹植的文才，得知父親想立曹植為世子，他便想盡辦法在父親面前詆毀曹植。

5 一些大臣受曹丕的指使，在曹操面前說曹丕的好話。時間久了，曹操覺得曹丕更寬厚仁慈，就立他為世子。

6 曹操死後，曹丕繼位，做了魏王。他擔心曹植會跟自己爭奪王位，就找藉口把曹植捉起來。

7 曹丕的母親卞太后（卞，粵音辯）不願看到他們兄弟相殘，就向曹丕求情。曹丕無法違抗母命，就另想辦法為難曹植。

8

這天，曹丕派人把曹植帶入宮。曹丕見到曹植，便限定他在七步之內以「兄弟」為題作一首詩來。

9

曹植聽到，悲憤地吟道：「煮豆燃豆萁（粵音：奇），豆在釜中泣（釜，粵音府）。本是同根生，相煎何太急。」

10

曹植把兄弟比作同根生的豆和豆萁，豆萁將豆煮得咕咕響，暗指曹丕殘害同胞兄弟。曹丕聽了很慚愧，就免了他的死罪。

11

把曹植貶為安鄉侯之後，曹丕授意親信上書，勸漢獻帝讓出帝位。公元220年，曹丕受禪稱帝，史稱魏文帝。

陸遜火燒連營

劉備急於找孫權為關羽報仇，沒想到被東吳的陸遜打得潰不成軍。

1 曹丕稱帝的消息傳到蜀漢，劉備以為漢獻帝被害，便以漢室後代的身分，在成都登基，史稱漢昭烈帝。

2 劉備一直對孫權佔領荊州和殺害關羽這兩件事耿耿於懷，登基不久便調集大軍，準備進攻東吳。

3 軍師諸葛亮和其他大將極力勸阻劉備，認為當務之急是集中兵力消滅魏國，鞏固自己的地位。但劉備堅持出戰東吳。

三國

4 吳王孫權見蜀軍來勢洶洶，心裏有點害怕，就派人向劉備求和。劉備一口就拒絕了。

5 無奈，孫權只好任命陸遜為大都督，統領各路軍馬迎戰蜀軍。

6 劉備率領蜀軍攻佔了東吳五六百里地，並繼續沿長江南岸前進，一直打到湖北猇亭（猇，粵音敲）。

7 為了防止敵軍偷襲，劉備還在沿途紮下四十多個營寨，並用柵欄把各營連接起來，形成一個嚴密的防護網。

8 東吳將士見蜀軍步步緊逼，完全不把東吳放在眼裏，個個都氣得摩拳擦掌，要求立即與蜀軍決一死戰。

9 可是陸遜堅決制止，不許將士們輕舉妄動。將士們見他不同意出戰，便認為他膽小怕死，在背後議論紛紛。

10 劉備等到着急，派將軍吳班帶幾千人從山上下來，在平地上紮營，向吳軍挑戰。

11 陸遜卻不上當，還是不肯出戰。劉備知道陸遜識破他的計策，只好把原來埋伏的八千蜀軍陸續從山谷中撤出來。

12 就這樣，雙方僵持了近半年，陸遜心中的作戰計劃漸漸成熟。這天，陸遜突然召集將士們，宣布要向蜀軍進攻。

13 當天晚上，陸遜命令士兵每人手拿一把茅草，內藏硫黃，帶上火種，然後悄悄潛伏在長江南岸的密林裏。

14 半夜，東南風越刮越猛，陸遜見時機到了，命兩路人馬衝進蜀營，點燃火把扔向木柵欄。

15 烈火乘着風勢，瞬間蔓延開去，蜀軍的連營一時間燒成火海，火光把長江兩岸照得如同白天一樣明亮。

16 蜀軍潰不成軍，落荒而逃。最後，在軍將士的保護下，劉備才逃出火海，逃到馬鞍山。

17 陸遜乘勝追擊，帶領吳軍向馬鞍山發起猛攻。蜀軍匆忙迎戰，死傷無數。

18 劉備見勢不妙，想帶兵突圍，卻被吳軍前後夾擊，攔截了去路。幸好蜀將趙雲帶着救兵趕到，保護劉備撤退到白帝城。

19 這次大戰，蜀軍全軍覆沒。劉備悔恨不已，第二年在白帝城病逝。他臨終前，把國家大事託付給諸葛亮。

諸葛亮病逝五丈原

劉備去世後，太子劉禪繼位，諸葛亮一直盡心竭力地輔佐劉禪，直到病死軍中。

1 為了消滅魏國，奪取中原，諸葛亮組織了幾次大規模的北伐，但是因為種種原因，每次都無功而返。

2 公元234年，諸葛亮總結以往北伐的教訓，再次出兵十萬，大舉進攻魏國。

3 蜀軍到了渭水南岸的五丈原後，諸葛亮命令將士一邊構築營壘，一邊墾田耕種，準備與魏軍作長期對峙。

4 魏明帝曹睿連忙派大將馬司懿駐防。司馬懿有軍事才能，戰功赫赫。出征前，魏明帝令他只守不戰。

5 司馬懿到達前線後，無論諸葛亮如何打響戰鼓，司馬懿就是堅守大營，拒不出戰。

6 諸葛亮沒辦法，就派人給司馬懿送上一套婦女穿的服飾，暗諷他像女人一樣膽小。

7 司馬懿知道這是諸葛亮的激將法，所以他只將那服飾放在一邊，沒有生氣。

8 可是魏軍將士卻忍不住，紛紛要求和蜀軍決一死戰。司馬懿便對部下說：「我立刻請奏皇上，要求與蜀軍決戰。」

9 奏章送出以後，過了幾天，魏明帝派人來宣布命令：「不許出戰。」魏軍將士只好從命。

10 雙方就這樣僵持了幾個月，局勢對遠道而來的蜀軍越來越不利。諸葛亮只好派一個使者到魏營去下戰書。

11 司馬懿禮貌地接待了使者，並與他聊天閒話家常，借機不露聲色地打聽諸葛亮的身體情況。

12 使者沒想到司馬懿會問這些，就如實回答：「丞相整天忙於公事，每天都早起晚睡，所以最近胃口不太好。」

13 司馬懿心裏竊喜，判斷出諸葛亮很快就會病倒。果然，沒過多久，諸葛亮就因操勞過度而染上重病，臥牀不起。

14 諸葛亮叫大將姜維到牀邊，吩咐：「我死後不要發喪，也不要透露出去。你要讓軍隊像往常一樣暗中慢慢撤退。」

15 沒過幾天，年僅五十四歲的諸葛亮在軍營裏去世了。根據他生前的安排，蜀軍開始有條不紊地撤退。

姜維

16 不過，諸葛亮去世的消息還是被司馬懿知道，他立刻派兵去追趕。

17 司馬懿帶兵剛過五丈原，就有屬下前來報告，稱蜀軍突然調頭殺過來。

18 司馬懿見蜀軍作出迎戰的攻勢，當即認為窮寇不宜追，於是沒有繼續進兵。蜀軍終於安全撤退，回到蜀國。

19 後來民間流傳「死去的諸葛亮嚇跑了活着的司馬懿」。司馬懿聽後笑道：「我善於預測活人，不善於預測死人。」

司馬懿篡權

諸葛亮去世後，蜀軍不敢再貿然北伐。魏國勢力逐漸強大，但是內部卻發生了動亂。

1 魏國大將司馬懿是個難得的將才，他在魏明帝曹睿在位時，多次帶兵出征，立下赫赫戰功。

2 後來，魏明帝臨終前，把年僅八歲的太子曹芳託付給大將軍曹爽和司馬懿，囑咐他們共同輔政。

3 曹爽的資歷和能力都不及司馬懿，但他是皇族大臣，容不下異姓人分享權力。從此，二人就開始爭奪朝政大權。

首先，曹爽以魏少帝曹芳的名義，升司
④ 馬懿為太傅，太傅表面上看職位很高，
實際上並沒有實權。

司馬懿被奪去兵權，心裏十分憤怒，但
⑤ 他知道目前曹爽勢力很大，只能暫時忍
讓，以後有機會再奪回大權。

接着，曹爽把自己的心腹都安排在重要
⑥ 的職位上，表面上控制了朝政大權。

為了樹立威信，曹爽還帶兵攻打蜀漢，
⑦ 結果被蜀軍打敗，差點全軍覆沒。

三國

8 司馬懿看在眼裏，卻裝聾作啞，暗中自作打算。他藉口年紀大了，身體有病，從此不再上朝。

9 曹爽聽說司馬懿不再上朝，非常高興，可是他對司馬懿還是有些不放心，就派親信李勝前去打探情況。

10 聽說李勝前來探望，司馬懿立刻裝起病來。李勝來到司馬懿家裏，看到司馬懿虛弱地躺在牀上，一副病歪歪的樣子。

11 司馬懿見到李勝，想坐起來打招呼，但他的手震得厲害，連衣服都披不上。最後還是要兩名侍女幫他穿好衣服。

12 李勝見了，不由得暗暗高興，同時覺得他有點可憐。這時，侍女端來粥，司馬懿假裝手沒有力氣，讓侍女餵自己喝。

13 侍女用匙子慢慢地餵，司馬懿卻怎麼也吞不下，粥沿着嘴角流下來，弄得衣服到處都是。

14 李勝見了，連忙起身告辭。司馬懿流着淚說：「我怕活不了幾天了，我死後，希望你能好好照顧我的兒子啊。」

15 李勝回去後，把看到的原原本本向曹爽講了一遍。曹爽聽了，非常高興，從此放鬆了對司馬懿的警惕。

16 公元249年新年，魏少帝曹芳去城外拜祭明帝陵，曹爽帶着親信大臣陪同前往。司馬懿「病」得厲害，當然沒有去。

17 怎料曹爽等人剛出皇城，司馬懿的病就康復了。他披上盔甲，帶着兩個兒子和他從前的部下迅速佔領都城。

18 司馬懿進宮，逼迫皇太后撤掉曹爽的大將軍職務，又派人去勸曹爽投降，只要他交出兵權就不為難他。

19 曹爽等人得知城內兵變，只好乖乖地投降。沒過多久，司馬懿就以謀逆的罪名把曹爽等人全部殺掉，並獨攬大權。

司馬昭之心路人皆知

公元251年，司馬懿去世，他的兒子司馬師和司馬昭相繼掌握了曹魏大權。

1 司馬師當大將軍後，見魏少帝曹芳對司馬家族充滿恨意，就把他廢黜，立曹丕的孫子曹髦（粵音：巫）為帝。

2 曹髦空有皇帝的虛名，連任命一個朝廷官員的權力都沒有，一切都要聽從司馬師的命令。

3 後來，司馬師去世，司馬昭接替做了大將軍。司馬昭的野心更大，他不滿足於獨攬大權，甚至想自己當皇帝。

4 當時，很多人都投靠了司馬昭，他的黨羽遍布朝野，只有東征大將軍諸葛誕無所畏懼，經常和他作對。

5 工於心計的司馬昭一心想除掉諸葛誕，只是礙於諸葛誕手握重兵，不好下手。他左思右想，終於想到一個妙計。

6 司馬昭假傳聖旨，讓諸葛誕進京接受封賞。他一旦進京，司馬昭就能制服他。如果他不進京，就以抗旨的罪名征討他。

7 諸葛誕看穿了司馬昭的險惡用心，他認為去與不去京城都是死，不如起兵造反，說不定還有一線生機。

8 司馬昭見計謀得逞了，非常高興，立即率領大軍征討，一舉消滅諸葛誕的勢力。

9 從此，朝中沒人敢與司馬昭作對。他進進出出有三千名護衛前呼後擁，所有的事情也不用稟報朝廷，直接由他決斷。

10 曹髦做了幾年有名無實的皇帝，他對司馬昭越來越不滿，更擔心自己有朝一日也會被馬司昭廢黜。

11 於是，曹髦把三個親信大臣召入宮，說：「司馬昭獨攬大權，他稱帝之心連路人都知，我不能坐着等他來殺我。」

12 聽了這話，大臣們好久才回過神來。其中一位大臣一邊叩頭，一邊勸阻：「陛下，你無兵無權，拿什麼去討伐他呢？」

13 曹髦咬着牙說：「我實在忍無可忍了，我已經做好赴死的決心。」說完，他就直接去後宮向太后稟報了。

14 有兩個大臣知道曹髦根本不是司馬昭的對手。為了日後不被牽連，他們立刻溜出大宮，向司馬昭告密去了。

15 當晚，曹髦手持利劍，帶着幾個親信向宮門殺去，結果迎面碰上司馬昭派來的大隊人馬。

16 雙方一陣混戰，曹髦被司馬昭的手下一劍刺穿胸膛，當場斷了氣。

17 司馬昭沒想到曹髦真的被殺了，他有些心虛，便馬上召集大臣，裝出傷心的樣子說：「這到底是怎麼回事？」

18 大臣都明白，卻誰也不敢作聲。於是，司馬昭把所有罪責推到當天領兵圍攻曹髦的將領上，並下令將他斬首示眾。

19 這樣，司馬昭把殺死曹髦的事掩飾過來。接著，他立曹奐為帝，即魏元帝，自己則繼續在幕後操縱朝政。

魏元帝

三國終一統

魏國內部爭鬥被擺平後，司馬昭開始實行統一天下的計劃。

1 司馬昭計劃先要滅掉蜀漢。公元263年，司馬昭見機會成熟，就派大將鍾會、鄧艾等人兵分十餘路進攻蜀漢。

2 魏軍來到劍閣時，一時無法攻破蜀軍把守的重要關卡，鄧艾就率五千精兵悄悄地繞捷徑直奔蜀國國都成都。

3 聽說鄧艾已兵臨城下，後主劉禪驚慌失措，他沒作任何抵抗，就自己綁着雙手，帶着羣臣向魏軍投降。

4 司馬昭以魏元帝的名義把劉禪接到洛陽，並封為安樂公，還賞給他許多美女、金錢和住宅。

5 劉禪漸漸安下心來，忘記了亡國的痛苦。一次宴會上，司馬昭試探劉禪，問：「你還想念蜀地嗎？」

6 劉禪不假思索地說：「我在這裏很好，不思念蜀地。」司馬昭見劉禪胸無大志，愚昧透頂，就徹底放心了。

7 公元265年，司馬昭病逝，他的兒子司馬炎廢了魏元帝，建立晉朝，史稱西晉。司馬炎就是後來的晉武帝。

8 此時，魏、蜀、吳三國只剩下魏和吳。東吳國君孫休預料司馬炎遲早會派兵來進攻，於是整天憂心忡忡，最後病逝了。

9 孫休的姪子孫皓被立為王。孫皓整日沉溺於酒色，根本不理朝政，而且性格殘暴，弄得朝廷上下人心惶惶。

10 晉國益州刺史王濬（粵音：進）和大將軍杜預先後上書晉武帝，建議趁吳國君主昏庸，國力衰弱之際消滅吳國，統一天下。

11 晉武帝看完報告後，下決心攻打吳國。公元279年，他派杜預率陸路大軍、王濬領水路大軍，共二十多萬人進軍東吳。

12 消息傳來，孫皓大驚，連忙召集眾官員商討退兵大計。宰相張悌（粵音：第）親自出馬，調配各路人馬。

13 孫皓擔心打不過王濬的水軍，大臣岑昏建議打造鐵鍊進行攔截，並在水裏投放鐵錐，讓戰船無法通過。

14 孫皓聽了，連聲讚岑昏的辦法好。於是，他傳令讓工匠連夜打造鐵鍊和鐵錐，安置在江中，用以阻擋晉國的戰船。

15 王濬率領的水軍沿江東下，進入西陵峽時，果真遇上攔江鐵索和水下鐵錐。

16 不過，王濬很快就想到辦法，他命人用粗木造了十幾隻大木筏，上面裝着特大號的火炬，遇到鐵索就燒。

17 鐵索燒斷後木筏就繼續順江而下，沿途把鐵錐撞得七倒八歪，有些橫臥在江底，有些紫在木筏底部，統統被拖走。

18 有了木筏在前面開路，王濬率領的水軍順暢地沿江而來。吳軍見寡不敢眾，便請求投降。

19 孫皓見大勢已去，於是也投降了。就這樣，三國分立的時代結束，晉武帝司馬炎統一了天下。

園丁文化

孩子愛讀的漫畫中國歷史
中華五千年故事②
西漢、東漢、三國

作　　者：幼獅文化
繪　　圖：磁力波卡通、魔法獅工作室
責任編輯：王一帆、嚴瓊音
美術設計：郭中文
出　　版：園丁文化
　　　　　香港英皇道 499 號北角工業大廈 18 樓
　　　　　電話：(852) 2138 7998
　　　　　傳真：(852) 2597 4003
　　　　　電郵：info@dreamupbooks.com.hk
發　　行：香港聯合書刊物流有限公司
　　　　　香港荃灣德士古道 220-248 號荃灣工業中心 16 樓
　　　　　電話：(852) 2150 2100
　　　　　傳真：(852) 2407 3062
　　　　　電郵：info@suplogistics.com.hk
印　　刷：中華商務彩色印刷有限公司
　　　　　香港新界大埔汀麗路 36 號
版　　次：二〇二四年一月初版

ISBN: 978-988-76896-7-6
Traditional Chinese Edition © 2024 Dream Up Books
18/F, North Point Industrial Building, 499 King's Road, Hong Kong
Published in Hong Kong SAR, China
Printed in China